♡ 사랑합니다 ♡

2023. 4. 5.

이지연

꽤　괜찮은　해피엔딩

꽤 괜찮은 해피엔딩

이지선 지음

문학동네

/ 차례 /

2부. 작은 일을 하는 사람

꽤 괜찮은 해피엔딩을 향해

곧 새 책을 쓰겠다고 출판사와 독자님들에게 약속해놓고 "공부해야 돼서요" "논문만 다 쓰면요" 그러다가 직장을 구한 후로는 "가르치는 일에 좀 적응하면 쓸게요" 이러기를 또 몇 년. 그렇게 말할 때만 해도 '내 코가 석 자'라는 그럴듯한 이유를 댔지만, 이런 말도 10년 넘게 하다보니 나는 양치기 소년과 다를 바 없었고, 글을 쓰지 않으면 언젠가 거짓말이 되어버릴 이런저런 이유를 드는 것도 이제 더는 할 수 없는 지경에 이르렀다(그러던 사이 신입이었던 담당 편집자님은 과장님이 되셨다, 하하).

오랜 시간이 걸린 만큼 이 책에는 생존자에서 생활인으

로, 꿈을 안고 떠났던 유학생에서 한 대학에서 학생들을 가르치는 교수로, 귀여운 척해도 봐줄 만한 이십대에서 좀 점잖은 게 나아 보이는 사십대 중반으로 넘어가는 나의 과도기가 담겨 있다. '꽤 괜찮은 해피엔딩'이라는 제목은 끝맺음 같고 무척 결론적인 느낌이지만 사실 제목 뒤에 '(그곳)을 향해 가고 있다'가 생략된 셈이다.

살아남았다. 그래서 슬펐던 날도 있었고 살아남았기 때문에 어쩔 수 없이 살았던 날도 있었다. 인생이 들어가면 들어갈수록 깜깜해지는 동굴같이 막막하게만 느껴지던 때도 있었다. '여기가 끝이다' 더는 할 수 없다는 생각에 '차라리 다 끝나버리면 좋겠다'고 생각한 순간도 있었다.

그러나 그때마다 들려온 "여기가 끝이 아니야"라는 작은 소리, 그리고 나 자신을 부정하고 싶던 시간에도 내 곁을 지켜준 고마운 사람들 덕분에 깜깜한 동굴에서 멈추어 서지 않고 매일 하루씩만큼을 걸어나와 이제 "인생은 동굴이 아니라 터널"이라고 말하며 '꽤 괜찮은 해피엔딩'을 향해 살아가고 있다.

인생이 늘 기대했던 대로 흐르지는 않았지만 그럼에도 감사한 일은 많았고, 서프라이즈 선물처럼 찾아온 좋은 일도 있었으며, 소소하지만 즐거운 일도 많아서 '살아남길 잘했어'라고 생각하며 살아가고 있다. 그래서 동굴 같은 시간을 보내는 사람들에게 '당신에게도 꽤 괜찮은 해피엔딩이 기다리고 있을 거라고, 우리 같이 힘내자'고 응원하며 살아가고 싶다.

슬프게 끝내지 않을, 꽤 괜찮은 해피엔딩을 향해 가는 나의 소소한 일상을, 뉴스에는 나오지 않지만 귀한 내 주변 사람들의 이야기를, 글로 기록하고 기억하며 나누어보려고 한다. 읽는 분들도 보이지 않았던 삶의 의미를 조금씩 발견하시기를, 꽤 괜찮은 해피엔딩을 기대하실 수 있기를 소원해보며.

2022년 새봄
이지선

/ 1부 /

터널을 지나며

사고와
헤어진 사람

》

　대학교 4학년의 여름, 학교에서 집으로 돌아오던 길에 교통사고를 만났다. 친오빠가 옆 학교를 다녀서 우리는 늘 같은 시간에 학교 후문에서 만나 늘 다니던 길로 함께 집에 돌아가곤 했다. 신호등이 빨간불로 바뀌어서 오빠는 차를 세웠다. 이제 곧 초록불이 켜지면 언제나처럼 엄마 아빠가 기다리는 집으로 갈 것이었다. 그런데 그 순간 소주를 다섯 병이나 마시고 운전대를 잡은 사람이 브레이크가 아닌 액셀러레이터를 밟고 달려와 우리 차의 뒤를 들이받았다.

　얼마나 세게 받혔는지 우리가 탄 작은 차는 중앙선을 넘어갔다가 튕겨서 되돌아오기를 반복해 일곱 대의 차와 충돌한 끝에 불이 났다. 그 불이 내 몸에 붙었고 정신을 잃은 나를 꺼내다가 오빠도 팔에 큰 화상을 입었다. 그날 밤 평소처럼 집으로 향하던 길은 뉴스에도 보도될 만큼 평범치 않은 길이 되었다. 나는 죽음의 문턱을 몇 차례 지나고 다시는 그날 이전으로는 돌아갈 수 없는 얼굴과 피부를 가지고 일곱 달이 지나서야 집에 돌아갈 수 있었다.

사고를 당했다. 그게 맞다. '당했다'는 표현을 쓰는 데 누구 하나 의문을 제기할 수 없을 정도로 그게 당시 내 상황을 담은 정확한 표현이다. 그런데 언젠가부터 '당했다'는 말을 쓰는 게 불편해졌다. 사고를 당했다고 말할 때마다 내가 나를 음주운전자가 낸 교통사고의 '피해자'라고 말하는 것 같아 싫었다. 이 세상에 피해자로 살고 싶은 사람이 어디 있겠는가. 사고를 두고 다른 어떤 표현을 쓴대도 평범한 어느 날 밤, 예기치 않은 사고가 일어났고 그로 인해 내가 어마어마한 피해를 입었다는 사실은 변하지 않겠지만 적어도 그날 밤 이후 살아남기 위한 시간을 지나온 나를 피해자로 살게 하고 싶지는 않았다.

게다가 사고를 당했다고 말할 때마다 사고가 일어났던

그 자리로 그 시간으로, 나의 온 마음과 에너지가 끌려가는 기분이었다. 그날 이후의 나는 없고, 많은 것을 한순간에 잃어버린 사고가 있었던 거기 그 시간에 머물러 사는 것처럼 느껴졌다. 그 시간을 가장 지우고 싶고 도려내고 싶으면서도 떠나지 못하는 사람. 돌아보고 안타까워하기를 반복하면서 거기 그 시간만 곱씹으며 사는 사람. 그렇게는 살고 싶지 않았다.

나는 그날 이후의 시간을 살았다. 살아남기 위해 고통을 견디었고, 조금 더 쓰기 편한 몸을 갖기 위해 수십 차례 피부 이식 수술을 받았다. 아무것도 보이지 않았지만 꿈을 꾸었고 그 꿈을 이루기 위해 노력했고, 또 그 시간을 같이 버텨준 사람들을 사랑했고 사랑받으며 살았다. 어제를 돌아보며 슬퍼하기를 멈추고 내게 주어진 오늘을 살았다. 시간이 흐른 뒤 되돌아보니 나는 더이상 나쁜 일이 일어난 그 자리, 그 시간에 머물러 있지 않았다.

나는 누군가가 안타까운 사고를 당했다는 소식을 뉴스에서나 접하던 사람이었지 뉴스 속 이 모씨가 나일 수도 있다고는 생각해본 적이 없었다. 그런 일은 내가 아닌 다른 누군가에게 일어난다고 생각했다. 하지만 어느 날 중환자실에서 눈을 떠보니 그 누군가가 내가 되었다는 사실은 내가 인정하든지 안 하든지 상관없이 내게 일어난 엄연한 현실이었다. '왜 하필 나에게 이런 일이 일어났지?'라는 생각을 안 했던 건 아니지만 운명을 탓하고 원망하기보다는 오늘을 어떻게 살아남을 것인가에 집중하며 사는 쪽이 나에게 이로울 것 같아 그쪽을 택했다. 하필 나였어야 했던 까닭이란 게 있을 것 같지도 않았고, 또 백날 고민해서 알게 된다 한들 어쩌겠는가. 어차피 시간은 되돌릴 수도 없는데. 그렇게 어제를 살지 않고 오늘을 살다보니 세상에 나쁜 일은 누구에게나 일어날 수 있다는 사실과 그 나쁜일이 그날 밤 내게 일어났을 뿐이라는 사실도 받아들이게 되었다.

우리는 때때로 누군가의 잘못으로, 나의 어이없는 실수로, 가까운 사람이 우연히 선택한 결과로 예상치 못한 상황을 겪는다. 나쁜 일들은 한꺼번에 닥치기도 하고, 줄줄이 이어져 일상을 도미노처럼 무너뜨리기도 한다. 누가 무슨 말을 해도 나쁜 일(특히 사랑하는 사람을 잃는 일)은 결코 좋은 일이 될 수 없지만, 그래도 그 와중에 한 가지 좋은 소식이 있다. 상처 입은 우리가 회복하는 동안 마음속 어떤 부분은 키가 자라고 또 어떤 부분은 성숙하며 전에 갖지 못한 관점을 갖게 되기도 한다. 이를 심리학자들은 '외상 후 성장 post-traumatic growth'이라는 개념으로 설명한다. 마음속 보호막이 찢어질 만큼 충격적인 어떤 사건을 겪은 후, 트라우마를 극복하기 위해 애쓰며 서서히 회복해가는 과정에서 일어나는 긍정적인 변화를 말한다. 트라우마 이후 극심한 스트레스를 경험하기도 하지만 동시에 회복과정에서 일어난 긍정적인 변화들로 인해서 트라우마 전보다 더 성장하기도 한다는 것이다. 외상 후 성장은 자기 자신을 바라보는 시각, 다른 사람들과의 관계, 삶의 우선순위와 인생철학이 변하는 것으로 나타난다.

외상 후 성장에 대해 공부할수록 내 삶과 닮은 점을 많이 발견한다. 심지어 외상 후 성장을 다룬 어느 책의 한국어판 역자 서문에는 내 이야기가 예로 등장한다. 그 책에서 저자는 외상 후 스트레스에서 벗어나 외상 후 성장에 이르는 여러 방법을 소개했는데, 그중 지난 나의 경험을 돌아보았을 때 가장 근본적이고 강력한 방법은 바로 '다시 쓰기 rewriting'이다.

나 자신에 대해, 일어났던 그 나쁜 일에 대해, 내가 그리는 나의 미래에 대해 다시 쓰는 것이다. 외상 후 성장은 나를 새롭게 정의하는 과정을 통해서 일어난다. 스무 살 무렵, 『나는 누구인가』라는 제목의 아주 두꺼운 책을 읽으며 내가 누구인지 고민했다. 그때 무슨 답을 얻었는지는 잘 기억나지 않는다. 하지만 어떤 순간에든 과거와 현재, 그리고 미래의 삶을 바라보는 나의 태도가 내가 누구인지를 정의한다고 생각한다. 사고가 있었던 그 자리 그 시간에 머무르면서 '이게 다 그놈 때문이야' 하며 남을 탓하고 그로 인해 잃어버린 것들을 곱씹으며 지독히도 재수없는 그날을, 혹은 내 운명을 비관할 것인가. 아니면 그후 살아남기 위해 열심히 견디고 참아낸 날들을 기억하고, 내게 남은 것들을 헤아려보고 새로 얻은 것을 발견하면서 감사할 것인가. 나는 누구인가. 나는 스무 해가 지나도 여전히 지겹도록 수술을 받는 화상 환자인가, 아니면 수술을 받으며 조금씩 나아질 것이라는 기대를 안고 살아가는 생존자인가. 회복을 넘어 성장으로 가기 위해서는 내가 누군지 정의하는 그 '다시 쓰기'가 필요했다.

나는 사고를 당한 사람인가. 아니면 사고를 만났지만 헤어진 사람인가. 사고와 헤어지기까지 긴 시간이 걸렸고 그

과정은 더뎠으며 몸이 아픈 만큼이나 마음도 많이 아팠지만 조금씩 조금씩 흘려보내듯 헤어졌다. 나는 음주운전 교통사고의 피해자로 살지 않았고, 그때 그 자리에 마음을 두고 머무르지 않고 매일 오늘을 살았다. 한참 시간이 더 흐르니 그날 밤의 사고는 길을 가다 모르는 사람과 어깨를 부딪힌 일과 비슷하다는 생각마저 들었다. 예상치 못해서 피할 수 없었고 반갑지도 유쾌하지도 않은 일이지만 내 어깨를 치고 간 사람의 뒤통수를 잠시 째려보고 옷매무새를 가다듬으며 툭툭 털고 가던 길을 다시 가는 것처럼, 사고와 나 역시 그렇게 부딪혀 만났지만 툭툭 털고 헤어져 나는 그다음의 내 시간을 살았다.

나는 사고와 잘 헤어진 사람이다.

글쓰기의
힘

》

    처음 글을 쓴 건 참 아이러니하게도 손가락을 잃고 나서였다. 사고 후 1년간은 언제가 가장 어두운 시기였는지 우열을 가릴 수 없이 캄캄하고, 이모저모로 괴로운 시간이었다. 그래도 그중 절망에 절망을 더한 때를 꼽자면 손가락을 정리하는 수술을 받을 즈음이었는데 그때부터 글을 쓰기 시작했다.

    중환자실에서 나온 후, 진료과가 옮겨졌다. 새로 나를 맡은 의사는 환자와 가족에게 못되게 말하기로 악명 높은 사람이었다. 한 달이 넘는 동안 그는 나를 보러 단 한 번 왔을 뿐이었다(그것도 내 얼굴의 붕대를 볼펜으로 들추면서 상태를 확인했다). 그 의사에게 수술을 받고 싶지 않아서 병원을 옮기기로 했다. 마지막으로 치료실에서 소독을 받던 날, 그는 나를 앞에 두고 치료사들에게 "얘 손가락도 이거 다 잘라야 하는데 얘 부모는 병원 옮긴다는 소리나 한다"며 빈정거렸다. 그날 밤 나는 병원을 옮기고 반드시 손가락을 살려서 못되게 말한 그 의사를 내 손가락으로 꼬집어주리라 마음먹었다. 하지만 손가락 접합 수술의 대가라는 의사를 찾아가봐도 이미 사고 당시 화상으로 죽은 세포를 살릴 수는 없었다. 결국 병원을 옮기고 두 달쯤 지나 양손 엄지를 제외한 여덟 손가락의 한 마디씩을 정리하는 수술을 받게 되었다.

수개월간 의료 파업으로 감염을 막기 위해 소독을 받고 잠시 고통을 둔감하게 해줄 진통제를 맞는 것 외에는 아무런 치료도 수술도 받을 수 없던 시기를 지났기에 그땐 어떤 수술이든 그저 수술을 받는다는 사실만으로도 숨통이 트이는 듯했다. 고통을 견디는 일 말고는 아무것도 할 수 없던, 광야를 지나는 듯한 그 시간 동안 나는 진심으로 떼어내야 하는 부위가 팔 전체가 아니라 손가락 한 마디여서, 더 많이 잃지 않아서 감사할 수 있었다. 내가 피아노를 전공한 사람이 아니어서 정말 다행이라고 생각했다. 수술 후 원래 손가락 끝이 아니었던 부분이 말단이 되자 손가락 감각이 이상해져 무지막지한 통증이 유발됐다. 손 수술을 할 때 얼굴에 인조 피부를 이식하는 수술도 함께 했는데 설상가상으로 그마저도 다 녹아서 없어졌다. 하지만 오히려 그런 절망에 절망을 더하는 상황이 지속되는 동안 전에는 알지 못했던 진실을 마주하게 되었다. 그동안 당연히 내 것이라 여겼던 그 어느 것도 내 것이 아니며, 세상에 당연한 것은 아무것도 없다는 진실이었다. 그리고 그 진실은 내게 새로운 '감사'를 깨닫게 해주었다. 나는 그때부터 진심으로 내게 남은 것들, 지금 가용한 존재가 더 강렬하게 고마워졌다.

그 강렬한 고마움 때문에 내게 남겨진 엄지손가락으로 컴퓨터 자판을 두드려 글쓰기를 시작했다. 여전히 얼굴에 피부도 없이 병원에서 "모든 것을 잃은 것 같지만……"이라는 첫 글을 썼다. 그뒤로 종종 활동중이던 교회 성가대의 온라인 커뮤니티에 내 상황을 설명하고 기도를 부탁하는 글을 올렸다. 퇴원을 하고 집에 돌아와서 뒤척이던 어느 밤엔 몇 가지만 고르면 개인 홈페이지를 개설할 수 있는 서비스를 이용해 '지선이의 주바라기'라는 홈페이지를 만들었다. 메뉴는 네 가지였다. 나를 소개하는 'I am', 사고를 만났던 그날 이야기로 시작되는 'My Story', 오늘을 사는 내 이야기를 담은 'My heart', 그리고 홈페이지를 찾은 사람들을 위한 'To Ji Sun'이라는 방명록. 거기서 본격적으로 글쓰기를 시작했다.

사람들이 필요 이상으로 나를 걱정하는 상황이 싫었다. 내가 어떤지 궁금하지만 그렇다고 매일 전화할 수도 없는 이모들, 삼촌들, 친구들, 교회 식구들에게 너무 걱정하지 말라고 나는 그런대로 또 살아가고 있다고 얘기하고 싶었다. 덕분에 글을 읽어준 사람이 찾아올 때나 그런 사람과 전화통화를 할 때는 똑같은 이야기를 반복할 필요 없이 곧바로 본론(?)에 들어갈 수도 있었다. 그리고 그중 많은 이야기는 만나거나 전화통화로는 다 전할 수 없는 속마음을 열어 보인 글이기도 했다.

내 모습을 보면 하루 24시간 동안 슬프고 괴롭고 아픈 일만 있을 것 같았지만, 하루하루 희로애락이 있었다. 나도 겪어보지 않았다면 몰랐을 일들이었다. 무엇이 나를 기쁘게 하는지, 어떤 일 때문에 화가 나는지, 무엇 때문에 슬픈지, 또 어떤 일로 즐거운지, 새로이 무엇에 감사하는지, 'My heart'에 내 마음속에서 일어난 감정에 관해 썼다. 때론 하루종일 함께 있는 엄마도 모르는 마음을 풀어 썼다. 속상하고 괴로운 마음을 고르고 고른 문장으로 흘려보내기도 했고 가벼운 유머로 날려보내기도 했다. 또 글을 쓰다보면 그전까지 나도 몰랐던 마음을 발견하기도 했다. 그래서 컴퓨터 앞에서 많이 울기도 했다. 절대로 자기 연민에는 빠지고 싶지 않았고, 글을 읽는 사람들을 필요 이상으로 걱정시키고 싶지도 않았기에 슬픈 글은 정말로 쓰기 싫었다. 그래도 속상했던 상황과 그때의 내 마음을 글로 설명하려고 떠올리다보면 자연스레 눈물이 나기도 했다. 쓴 글을 다시 읽고 다듬다가 또 눈물이 흐르기도 했다. 혼자 조용히 앉아서 글을 쓰는 그 시간은 고통을 토해내고 간절한 바람을 올리는 기도 시간이자 내 이야기를 무조건적으로 들어줄 하얀 모니터 화면을 상담자 삼아 마음을 털어놓는 상담 시간이었다.

영화 〈사운드 오브 메탈〉에도 이런 이야기가 나온다. 헤비메탈 그룹의 드러머인 주인공은 갑자기 귀가 들리지 않게 된다. 그는 모든 것을 잃었다고 느꼈다. 당연하게 여기며 누려온 모든 일상에서 쫓겨나듯 떠나 농인 공동체에서 농인으로 살아가는 법 배우기가 그에게 주어진 유일한 일이었다. 어느 날, 그 농인 공동체의 리더가 주인공에게 매일 이른 새벽에 커피 한 잔을 들고 서재로 가서 글을 쓰라고 권한다.

"그냥 써. 뭐라고 쓰든 어떻게 쓰든 아무 상관 없어. 맞춤법이 틀려도 괜찮고 전혀 말이 안 돼도 좋아."

다음날 새벽, 주인공은 커피를 들고 서재로 향했다. 화가 나서 책상을 내려치고 쿵쾅거리며 씩씩거리다 또 어느 날은 글인지 낙서인지 모를 것을 종이에 쓰기도 했다. 얼마간 시간이 흐른 후, 글쓰기며 낙서가 다 무슨 소용이냐며 인생 망하지 않으려면 뭐라도 해야 한다고 조급해하는 주인공에게 농인 공동체 리더가 말한다.

"내 서재에서 새벽마다 그 수많은 아침을 보내는 동안 고요함the moment of stillness을 맛본 적 있었니? 네 말이 맞아. 세상은 계속 흘러가버리지. 정말 잔인해. 하지만 나에겐 그 고요한 순간이, 그 평온함이, 바로 거기가 하나님의 나라the kingdom of God야. 이 형편없고 시시한 세상이 갑자기 빛나고 웅장해지면서, 모든 두려움이 사라지는 순간들. 그곳은 절대 너를 버리지 않아."

나도 글을 쓰며 나를 절대 버리지 않을 그곳, 그 고요한 순간, 그 평온한 나라를 경험했다. 글을 쓰는 동안에는 온전히 내 감정에 귀기울일 수 있었고, 그 감정이 나에게 어떤 영향을 일으키는지 생각하게 되었다. 거기는 호기심에 가득차 내 얘기를 캐내려는 이도 없었다. 꺼내놓아도 안전하다고 스스로 마음의 준비가 되었을 때 자연스럽게 내 생각과 감정을 글로 표현할 수 있었다. 어떻게 하면 다른 사람들에게 쉽게 전달할까 하며 내게 일어난 일들을 여러 시점에서 돌아볼 수 있었다. 그러다보면 자연스레 내게 일어난 일들의 의미를 계속 생각하게 되었고, 때때로 제삼자의 입장에서 객관적으로 내 인생을 바라보기도 했다. 그간의 일들을 재구성해볼 수 있는 시간이었다.

외상 후 성장을 연구한 학자들도 트라우마를 겪은 사람에게 표현적 글쓰기를 권한다. 빈 종이에 걱정거리를 써보거나, 매일 정해진 시간에 10분 동안 반복해서 무언가를 쓰거나, 자신의 이야기를 다른 사람의 관점에서 써보면 극심한 스트레스를 받은 후에도 인간은 성장해나갈 수 있다고 말한다. 실험심리학자 페니베이커 교수가 20여 년간 연구한 결과, 글쓰기가 다양한 질환을 가진 환자들의 수면의 질을 높이거나 면역기능을 강화하거나 스트레스와 고통을 감소시키는 데 효과적이었다고 밝혔다.

스피노자는 『윤리학』에서 "감정, 고통스러운 감정은 우리가 그것을 명확하고 확실하게 묘사하는 바로 그 순간 고통이기를 멈춘다"라고 했다. 어디선가 이 글귀를 읽고 고개가 끄덕여져 메모해두었다. 물론 글로 마음을 표현하자마자 고통이 행복으로 바뀌는 것은 아니다. 걱정이 희망으로 곧바로 변하는 것도 아니다. 그러나 모호해서 더 크고 두려웠던 것들을 묘사하는 동안 그 실체가 보이고, 내 생각과 감정을 글로 설명하고 명명하는 동안 몰랐던 고통의 크기와 의미가 선명해진다. 그러면 그것은 더이상 내게 고통이 아닌 다른 모양과 색으로 다가오기 시작한다.

글을 쓰고 나면, 나를 괴롭혔던 일들을 조금 더 객관적으로 볼 수 있었다. 지난주보다 나아진 것들을 기록하면서 지금보다 나아질 것들을 기대하게 되었다. 그 희망의 힘은 지금 이 순간 나를 힘들게 하는 것들과 조금 거리를 두게 했다. 심각한 상황에서 조금 벗어나 오늘의 내 모습을 보면 '내일의 나'를 조금 덜 아프게 그릴 수 있었다. 나는 글을 쓰며 고통과 걱정에서 조금씩 멀어질 수 있었고 그 덕에 꽤 괜찮은 해피엔딩을 바라보게 됐다.

지금 해결되지 않는 고통을 겪는 사람들에게 권하고 싶다.

"작가가 되지 않아도 좋아요. 지금 마음속에 일렁이는 파도를, 나를 덮쳐버릴 것 같은 그 고통을 글로 적어보세요. 그 파도가 얼마나 높은지, 그래서 얼마나 무섭고 두려운지 적다보면 어느새 폭풍은 지나가고 잔잔해진 파도를 올라타 넘실대는 저 수평선 너머를 바라볼 용기가 생길 거예요."

그들에겐
너무 부자인 나
»

첫 책을 출간하고 몇 개월 후, 인터넷 서점에 올라온 내 책에 대한 서평을 읽었다. 약 아흔 개의 서평 중에 내 마음을 쓰리게 만든 글 서너 개가 있었다. 오빠 차를 타고 다닐 만큼 부유한 집에서 자라 물가가 비싸다는 나라에 가서 치료받고, 미국에 유학 가고 싶다는 얘기를 서슴없이 하는 지선이 도대체 뭐가 그렇게 특별하냐는 반응이었다.

더 힘들고 아픈 사람도 많은데 드라마틱하게 변한 외모로 사람들의 이목이나 끌려고 나선 지선은 그냥 다시 방으로 기어들어가거나 생긴 대로 없는 듯이 조용히 살아야 속이 시원할 사람들이었다. 그런 사람들에게 나 같은 화상 환자는 좋은 차를 타서는 안 되고, 부모도 없이 단칸방에 살면서 할머니와 짠지 반찬을 놓고 찬밥에 물 말아 먹는 모습으로 등장해야 마땅했다. 그런 장면을 보면서 눈물 흘리거나 쯧쯧 정도는 해야 뭔가 자신은 이만하면 행복하다고 느끼는 사람들이 있다.

'그렇게 보기 시작하면 그렇게도 보이겠구나' 하고 혀를 내둘렀고, 잘 알지도 못하면서 마구 떠들어대는 그들이 미웠다. '네가 가난을 알아? 네가 아픔을 다 알아?'라는 식으로 나에게 속깊은 척하지 말라며, 더 어려운 사람들을 돌아보라는 그의 속깊은 척이 우습기도 했다.

만나서 해명하고 싶었다. 댓글이라도 써서 물가가 비싼 그 나라에서 어떻게 기적적으로 수술을 받았는지, 가진 게 아무것도 없으면서 공부하고 싶다고 서슴없이 말하는 배포가 어디에서 나온 건지 설명하고 싶었다. 작은 차를 탔기 때문에 사고가 크게 났다면서 애꿎게 자신들을 탓한 부모님이 얼마나 마음고생을 하셨는지 구구절절 늘어놓고 싶기도 했다. 그렇게 해서는 안 될 자리이기도 했고, 그런다고 그 사람에게 설명이 될까 싶어서 그냥 컴퓨터를 꺼버렸지만 거기 올라온 문장들은 며칠 동안 내 가슴을 후벼팠다.

그동안 내가 쓴 글과 내가 했던 모든 말이 부질없이 느껴졌고, 내가 참으로 별것 아닌 인간이구나 싶어 낙담했다. 졸지에 우리집이 엄청난 부잣집이 되어버려 그동안 나를 살게 했던 보이지 않는 것들의 위대함이 초라해졌다. 그러다 화가 나서 주먹을 불끈 쥐기도 했다. '나도 이러는데 도대체 연예인들은 얼마나 열받을 일이 많을까, 말도 안 되는 오해 때문에 얼마나 괴로울까' 싶기도 했다.

그러다 이 얘기를 오빠에게 털어놓았더니 오빠는 이렇게 말했다. "너에 대해서 그렇게 말하는 사람들은 영화 〈내겐 너무 가벼운 그녀〉에 나오는 남자 주인공의 처음 모습 같은 거야. 눈에 보이는 것만, 보여지는 것만 보고 그것이 전부라고 믿는 거지." 보이는 것이 전부라고 믿고 오해한 그들은 영화 같은 기적이 생기지 않는 한 보이지 않는 것 안에 뭐가 담겼는지 결코 보지 못하는 사람들이라고 했다.

그러면서 덧붙였다. "사람들이 그까짓 몇 마디 했다고 이러는 네가 좀 웃겨." 진짜인 성경을 보고도 진리를 진리로 보지 못하고 천 년이 넘도록 이리 꼬고 저리 꼬아서 모독하는 이들이 그렇게 많은데, 솔직히 네가 그렇게 대단한 작가도 아니고 엄청난 진리가 담긴 책을 쓴 것도 아니면서 그걸 보고 모든 사람이 다 감동받고 이해하길 바랐느냐고 일갈했다.

너무나 맞는 말이었다. 아흔여 개의 서평 중에 내 입맛에 맞지 않는 비판이 있었다고 '아니! 도대체 어떻게 이럴 수가 있어?'라며 내 기준에서 벗어난 상황들을 받아들이지 못한 내 모습이 참으로 교만하다는 걸 깨달았다. 내 글은 진리도 아니고, 더더군다나 내가 하나님도 아니므로 내 말과 행동에 누가 어떤 반응을 보여도 '그래, 그럴 수 있지' 하는 태도가 필요했다.

게다가 정작 열받을 일은 내가 오해받았다는 사실이 아니었다. 사람들이 언론매체를 통해 어려움을 겪는 이들의 이야기를 접할 때 소위 '불쌍한 사람'에게 어떤 전형적인 모습을 기대한다는 사실에 화를 냈어야 했다. 일부 단체나 방송에서 경제적으로 어려운 아이들이나 사람들을 돕기 위해 모금을 할 때 상당히 자극적으로 가난을 부각해서 (때로는 연출해서) 보여주었다. 그런 장면들로 사람들의 동정심을 유도하는 방식을 꽤 오랫동안 사용했다. 그래서 대중은 '불쌍한 사람' 하면 자연스레 그려지는 어떤 장면들에 익숙해졌다. 그래서 기초생활수급자인 청소년들이 (이제는 모두의 필수품임에도 불구하고) 스마트폰을 쓰는 모습에 생활비 지원받아 사는 주제에 감히 고오급(!) 휴대전화를 쓴다며 목소리를 높이는 사람도, 결식 우려가 있는 아동 청소년들에게 지급되는 급식 카드로 감히 고오급(!) 음식인 돈가스를 사 먹는다고 뭐라고 하는 사람도 심심찮게 나타난다. 도움이 필요한 처지라면 계속 그 전형적인 불쌍함을 유지해야 하며, 매일같이 편의점에서 삼각김밥에 컵라면을 사 먹어야 마땅하다고 생각한다.

나는 동정심에 호소해서 후원자를 모으는, 소위 '빈곤 마케팅'을 이용해 모금하는 방식을 아주 싫어한다. 자립하기 위해 금전적 도움이 불가피할 때 손을 내미는 이유는 내가 불쌍한 처지라서가 아니다. 누구나 인간으로서 존엄성을 잃지 않을 권리가 있고 이 사회가 이를 보호할 의무가 있다고 헌법에 명시되어 있기 때문이다. 동정이라도 받아서 생계를 이어가야 할 처지라서가 아니라, 우리 모두는 어떠한 상황에도 인간다움을 잃지 않아야 하는 존엄한 존재이기 때문이다. 그렇기에 동정심으로 누군가를 돕기보다는 한 시대를 살아가는 공동체의 일원으로서, 공감과 연대를 바탕으로 인간다운 삶을 지지하는 의미로 손을 내밀면 좋겠다. 다른 사람들의 후원과 사랑이 절실한 순간이 있다. 그 절실함 때문에, 불행을 과장하는 그림을 만들지 않으면 좋겠다. 결국 그런 그림이 대중의 뇌리에 박혀서 나 같은 사람이 나타나자 이상하고 불편해하는 게 아닐까.

가진 게 없는데 웃는 사람들, 몸이 불편한데 가족에게 사랑받는 사람들, 부모가 없는데 기죽지 않는 아이들. 양립할 수 없어 보이는 두 가지 모습이 공존하는 인생을 사는 사람이 얼마나 많은지를 볼 기회가 늘면 좋겠다. 불편과 행복이 공존하는 모습이 부자연스러운 게 아니라 그런 일상을 보내는 사람들이 얼마나 많은지를 깨닫고 대중매체로 만들어진 편견에서 벗어나 다양한 사례를 접하며 생각의 폭을 넓힐 수 있기를. 그리고 남들 다 하는 것 나도 하고 싶고, 남들 다 사는 것 나도 갖고 싶고, 팍팍한 일상에 콧바람도 쐬고 싶고, 매일 똑같은 반찬 놓고 밥 먹다보면 어느 날은 고기도 먹고 싶은 당신과 마찬가지로 지금은 다른 이에게 도움받지 않고 살아가기 어려운 상황인 누군가도 똑같은 '사람'임을 기억해주면 좋겠다.

비교 행복

>>

텔레비전에서 형편이 어려운 사람의 모습이 감정을 자극하는 배경음악과 함께 등장하면 대부분의 사람은 '안됐다'고 느낀다. 방송의 목적대로 저 사람을 돕고 싶다며 따뜻한 마음을 나누는 사람이 많다. 하지만 한편으로는 나보다 어려운 환경에 처한 그런 이들의 모습을 보며 왠지 모르게 위로도 받고, 자기도 모르는 사이 (갑자기) 자신의 삶에 감사하게 되기도 한다. '나는 사지가 멀쩡하니 다행이다' '나는 저 사람보다는 나으니까 행복하다'고 생각한다.

조금만 생각하면 이런 걸로 위로받고 감사한다는 게 매우 부끄러운 일인데 속으로만 생각했어야 할 그런 말을 입

밖으로 꺼내는 사람들이 있다. 나도 이런 반응을 심심찮게 접했다. 내 책을 읽거나 강연을 듣고 "지선씨는 저 상황에도 견디고 살아냈는데 나도 힘내서 살아야지" 하고 용기를 냈다는 반응을 접할 때면 반갑다. 하지만 "나는 이지선처럼 다치지도 않았고 그런 고통을 겪지 않았으니 참 감사하구나, 하고 깨달았다"는 식의 이야기를 들으면 전혀 달갑지가 않다. 어린 학생들이 이렇게 반응하는 것은 아직 인지적으로, 정서적으로 발달중이니까 어른들보다는 아직 경험도 부족하니까 어쩌면 자연스러운 반응이다 싶지만 가끔 다 알 만한 어른들이 이러면 조금은 갑갑하고 안타깝다.

물론 너무나 절박하고 힘겨운 시간을 보낼 때면 어려운 상황에 처한 누군가를 보고 위로받을 때도 있다. '힘내'라는 말보다 나와 비슷한 어려움을 겪는 사람이 또 존재한다는 사실에 힘을 얻을 때도 있다. 그 힘이라도 필요하신 분이라면 기꺼이 나를 사용해도 좋다.

그러나 그런 분들의 모습이 안타깝다 하는 건 비교로 얻은 행복은 너무 쉽게 휘발되기 때문이다. 자신보다 더 어려운 상황에 처한 사람과 비교해서 얻은 감사와 행복은 결코 오래갈 수 없다. 비교 행복은 일시적인 진통제처럼 잠깐 위안이 될지는 모르지만 나의 삶을 이끌어갈 힘이 될 수는 없다. 고개를 조금만 돌려보면 세상에 나보다 더 건강한 사람, 더 예쁜 사람, 더 많이 가진 사람, 더 똑똑한 사람은 얼마든지 있기 때문이다. 그렇기에 늘 남과 내 상황을 비교해 남의 불행을 보고 얻은 행복은 언제든 자신보다 더 잘난 사람을 보면 너무도 쉽게 불평과 불행의 조건이 되어버린다.

한때 '엄친딸' '엄친아'라는 단어가 유행이었다. 그 말이 순식간에 범국민적 공감을 얻은 건 누구나 한 번쯤 나보다 잘났다는 엄마 친구의 아들딸과 비교당하며 좌절하거나 짜증났던 적이 있기 때문 아닐까. 안타깝게도 우리는 나와 가까운 사람, 심지어 눈에 넣어도 아프지 않을 자녀를 전혀 상관없는 남과 비교하며 사랑하는 사람에게 일상적으로 상처를 주는 문화 속에 살아간다. 그 집 아들은 몇 등을 했네, 그 집 남편은 얼마를 벌어오네, 그 집 엄마는 뭣도 샀다는데, 누구는 누구보다 키가 작네, 뚱뚱하네…… 우리는 이런 말들을 아무렇지도 않게 대놓고 해왔다. 그런 비교를 하면서 나보다 덜 가진 이를 보며 값싼 우월감을 느낀 적은 없는지 혹은 나보다 더 가진 이를 부러워하며 나

자신을 상처 입히지는 않았는지 돌아볼 필요가 있다.

사고 후 몇 달간, 겨우 세 시간 지속되는 진통제 세 대를 맞으며 하루를 버텨야 했을 때, 나는 살아남기 위해서 친구들과의 비교를, 아니 어떤 인간 존재와의 비교도 멈춰야 했다. 피부 이식을 받지 못한 얼굴에서는 하루종일 진물이 흘러나왔고 화상을 입은 피부가 당겨져 7개월 동안 눈도 감기지 않았다. 이식한 피부마저 약해져 녹아내렸다는 소식을 들었을 때 이 기막힌 상황을 남과 비교하거나 사고 이전의 나와 비교하기를 그만두자고 결심했다. 남과 비교하자면 나는 불행 중 최고로 불행한 사람이었고, 사고 전의 나와 비교하다보면 누군가를 미워하고 원망하다가 분함이 치밀어 결국 더 불행한 사람이 될 뿐이었다. 그렇게 계속 꼬리에 꼬리를 물다보면 애시당초 나는 태어나지도 말았어야 할 사람이라는 결론에 이르렀다. 그래서 비교하기를 멈추고 '그럼에도 불구하고' 감사한 일들을 찾기로 했다. 아프지 않고 건강한 사람들이 부러웠지만 살아남아서 가족과 친구의 목소리를 들을 수 있음에 감사했다. 피부가 약해서 제대로 환자복도 입지 못하는 나를 생각해 일부러 제일 수수한 옷을 입고 화장도 하지 않고 나를 만나러

오는 이들의 마음에 감사했다. 졸업하고 취직하고 결혼하는 친구들과 내 상황을 비교하기를 그만두고, 그저 쏟아지는 눈물을 꾹 참고 내 병실 문 앞에서 울지 말자고 다짐하고 들어와서는 나와 함께 깔깔거리며 장난쳐주는 친구들의 마음에 감사했다.

나보다 더 힘들어 보이는 이들과 비교하며 감사할 이유를 찾지 않았고, 남들과 비교하며 더 불행해지지도 않았다. 비교를 통해서가 아니라 그저 내가 지금 누리는 오늘에서 감사할 일을 찾았다. 그럼으로써 다른 사람들 눈에 보이는 상황보다는 훨씬 행복하게 지낼 수 있었다. 잃은 것보다 내게 지금 남겨진 것에 감사하고, 남보다 못 가진 것을 아쉬워하기보다 지금 누릴 수 있는 것을 소중히 여길 때 진정한 행복이 찾아오리라 믿는다. 감사와 행복은 남과 비교해서 얻는 상대적인 것이어서는 안 됨을, 좀처럼 변하지 않고 웬만해선 흔들리지 않는 곳에서 얻어야 함을 배웠다.

언젠가 문화심리학자 김정운 교수님의 강연에서 "행복은 강도가 아니라 빈도여야 한다. 행복한 시간이 길어야 하며 더 행복하려면 자주 감탄해야 한다"는 말씀을 들은 적이 있다. 큰 행복을 추구하기보다 행복을 얼마나 자주 느끼며 사느냐, 그 행복감을 얼마나 길게 누리느냐가 더 중요하다는 것이다. 그 말에 크게 공감했다. 행복은 자주 누릴 수 있는 것에서 찾아야 한다. 노력해서 크게 성공하고 엄청난 성취를 거두었지만 그 행복의 순간이 그리 오래가지 않았다는 사람들의 고백도 심심찮게 듣는다. 그런데도 우리는 손에 잡히지도 않는 큰 성취와 행복을 인생의 목표로 세워놓고 매일의 일상은 그리 행복하지 않다고 느끼면서도 상황이나 태도를 바꿀 노력도 하지 않을 때가 너무 많다.

사고 후 나는 불행의 조건을 많이 갖고 있었지만 그럼에도 자주 행복을 느꼈다. 중환자실에서 처음 마신 물의 시원함을 기억한다. 물 한 모금을 마시는 일상에서도 '살아있다'는 행복을 찾은 덕분에 아주 자주, 또 길게 행복해할 수 있었다. 뒤통수에 작은 땜빵이 있지만, 여전히 결 좋은 머리카락을 가졌음에 감사한다. 손톱은 남아 있지 않지만 발톱에 예쁜 색을 골라 매니큐어를 바르는 소소한 행복을 누린다. 웬만하면 변수가 생기지 않는 일에 행복해할 수 있다면 우리는 더 행복한 사람이 될 수 있다. 우리 가족은 주말이면 으레 저녁식사를 함께하는데 이 또한 어렵지 않게 누릴 수 있는 행복한 의식이다. 최근에는 침대 패드와 이불을 내 마음에 쏙 드는 것으로 바꾸었다. 그랬더니 이제 매일 밤 변함없는 행복을 누린다. 낮에 피곤해도 '이따 침대에 누우면 너무 포근하겠지' 하는 기대감으로 이내 행복해지기도 한다.

진짜 행복해지려면 다른 사람과 비교해서 얻는 행복도, 불행도 차단해야 한다. 대단한 일을 성취하고 값비싼 것을 소유했을 때 느끼는 짧은 행복보다는 일상에서 자주, 길게 누리는 것에서 행복을 찾아야 한다. 그리고 더 행복해지려면 그런 행복거리를 찾을 때마다 감사와 감탄을 표현하는 것을 잊지 않아야 한다. "오, 멋져! 따뜻해! 시원해! 맛있어! 재밌어! 즐거워! 짜릿해! 포근해! 기분좋아! 그래서 나 지금 감사해! 지금 행복해!"라고 말이다.

나의 마음을
그에게 알리지 말라

»

『지선아 사랑해』다음 책은 언제 나오느냐는 질문을 받으면 농담 반 진담 반 "첫 책 제목과 좀 어울리게 연애하고 결혼하는 이야기가 담길 때가 되면 다시 책을 낼게요"라고 대답하곤 했다. 그렇다. 후속작 집필을 계속 미뤘던 이유는 졸업과 논문 같은 이유도 있었지만 이제나저제나 '지선아 사랑해!' 하는 이야기가 생기기를 기다렸기 때문일지도 모른다.

비혼非婚이라는 말도 꽤 대중화된 것 같은데, 결혼을 안 했느냐, 아직 못 했느냐를 두고 비혼과 미혼을 구분한다면 나는 미혼未婚이었다. 결혼이 무척 하고 싶었고 평생을 함께

할 누군가가 생기기를 간절히 기다렸기 때문이다. 사고를 만났고 예전 모습은 잃었지만, 많은 사람들의 바람처럼 나역시 겉모습이 아닌 내면을 알아봐주는 좋은 사람을 만나서 사랑하고 사랑받고 싶었다. 누가 들어도 훈훈한 이야기, 아름다운 동화의 결말 같은 일이 내게도 생기기를 오랫동안 아주 간절히 기다렸다. 마지막 하나 남은 빈자리에 딱맞는 퍼즐 조각이 채워졌을 때의 기쁨처럼, 가족들을 포함해 나를 안쓰러워하며 응원해준 모든 사람이 '그래 이제다 됐다' 싶은 안도감을 누리기를 바랐다.

그토록 간절했으면 '배우자 기도'를 했어야 맞을 텐데나는 또 그러지는 못했다. 기독교 신자인 연예인들이 새벽기도까지 다니면서 배우자 기도를 빼놓지 않고 열심히 한다고 언론 인터뷰에서 얘기한 걸 보기도 했다. 결혼을 바라는 미혼 신자라면 좋은 배우자를 만나게 해달라고 간절히 기도를 할 것이다. 근데 나는 참 이상하게도 "하나님 아버지" 하고 기도를 시작하면서 남편 달라고 말한다는 게너무 어색했다. 아빠한테 남자 얘기를 하려니 입이 잘 떨어지지 않는 느낌이랄까. "꼭 말을 해야 아시나? 몰라요. 아빠 제 마음 아시잖아요?" 뭐 이런 식이었다.

결혼에 성공한 주변 사람들에게 바라는 배우자 상은 구체적으로 생각해둘수록 좋다는 조언도 들었다. 그래서 '이런 사람이면 좋겠다' 하며 잔뜩 욕심부려 이상형 목록도 세세하게 적어보고 친구들과 한참 이 주제로 몇 시간씩 수다도 떨어봤다. 하지만 정작 이런 내용을 기도로 삼지는 못했다. 좀 쑥스럽달까.

어색해서 간절한 기도는 못 했지만 오랫동안 평생을 함께할 좋은 사람을 만나는 게 최우선 관심사였기 때문에 운명의 짝을 어디서 어떻게 만날지 기대하며 늘 대기상태로 살았다. 새로운 곳에 가서 내 또래 남자 사람을 만나면, '혹시 하나님이 보내주신 사람이 이 사람일까?' 살펴봤다. (처음 만나는 사람인데도 혼자서 머릿속으로는 벌써 시댁에 인사를 드리러 가기도 하고. 하하.) 상대가 조금만 가까이 접근해오면 팬으로서 관심을 두는 것인지 남자로서 그러는 것인지 알아내기 위해 '관심觀心'에 온 힘을 쏟기도 했다.

나 같은 사람들, 그러니까 연예인은 아니나 남다른 사연으로 대중에 알려지고 사랑받은 사람들은 독자나 팬 중에서 진심을 표현하는 사람을 만나 결혼하는 경우도 많아서 내게도 그런 멋진 만남이 생기지 않을까 내심 기대한 적도 있다. 나에게도 엇비슷한 일이 종종 생겼지만 그분의 진심에 나도 감동해 진지한 만남으로 이어진 적은 없었다. (마음만은 진심이셨겠지만) 그 접근과정이나 표현방식이 상식 밖이거나 어딘지 납득이 잘 되지 않아서 뜨악했던 적도 많았다.

좋아하고 관심 가던 사람이 아예 없었던 것은 아니다. 사실 몇 년 전까지만 해도 누군가에게 관심을 갖고 신경 쓰는 일을 쉬어본 적이 거의 없을 정도로 나는 짝사랑 마니아였다. 재채기와 사랑은 숨길 수 없다지만 그래도 나는 적의 화살을 맞은 이순신 장군과 같은 마음으로 "나의 마음을 그에게 알리지 말라"를 내 짝사랑의 철칙으로 삼았다. 누군가에게 자꾸 눈길이 가고 자꾸 궁금해지고, 그에 대해 더 알고 싶고, 친해지고 싶은 마음이 얼마나 귀하고 아름다운 것인데 왜 그리도 그걸 숨기고 싶었는지…… 발각되면 큰일이라도 날 것처럼 오히려 전혀 관심 없는 척 행동하곤 했다. 참 오래 좋아했던 사람에게도 괜찮은 사람이 있다며 소개팅을 두 번이나 주선해줄 정도로 어리석었다. 그 어리석음을 후회하면서 또 그다음 짝사랑 상대에게도 내 친한 친구랑 잘해보라며 적극적으로 권유했다. 고질

병이다. 짝사랑 마니아가 된 것은 어쩌면 당연한 결과다.

 그렇다고 또 아예 아무 일도 없었던 것은 아니다. 나조
차 내가 여자라고 생각하지 못하던 시절, 내가 사랑받을
수 있는 여자임을 알게 해준 사람도 있었고, 그동안 받은
수술 이야기를 하면서 "그래서 제 몸엔 줄무늬가 많아요"
라고 하니 "원래 명품엔 스트라이프가 많아요"라고 예쁘게
말할 줄 아는 사람도 있었지만, 뭐 결과적으로 모두 스쳐
지나갔다. 취미이자 특기처럼 해오던 짝사랑마저도 안 한
지가 몇 년째인지. 그러고 보니 나이가 이 정도 되어서 그
런가 언론 인터뷰할 때마다 나오던 결혼이나 남자친구에
관한 질문도 들어본 지가 좀 오래된 것 같다. 이제는 이런
주제에 대해 물으면 실례일 듯한 나이가 되어버린 걸까?
어쩌면 나도 그렇고 다른 사람들도 그렇고 나의 결혼이나
연애는 이제 관심 밖의 일이 된 건지도 모르겠다(아무도 묻
지 않았고 궁금해하지도 않는 내용을 지금 이렇게 적고 있는
건지도 모르겠다).

 아주 오랫동안 언제 어디서 상대가 나타날지 모른다며
끊임없이 주변을 살피는 미어캣처럼, 결국 쓸 만한 일도
없었는데 참 피로하기만 했던 미혼으로, 아직 결혼을 못한

상태로 살았다. 이제는 올지 안 올지 모르는 이를 기다리는 일은 접은 지 꽤 됐다. 비로소 비혼으로 살아가는 요즘의 삶이 좋다. 이 편안함과 익숙함이 깨지는 것이 싫은 진정한 비혼인이 되어가는 중이다.

인생은 모르는 일이기에 이러다 쉰 살을 넘긴 어느 날, 내 주변 어느 인생 선배처럼 장성한 자식이 다섯 명이나 되는, 부인과 몇 년 전에 사별한 남자를 만나 결혼하겠다고 나설지도 모를 일이지만…… 이렇게 적당히 홀가분하고 적당히 심심하게 나이들어가다 부모님과도 잠시 이별하는 때가 오면, 그때는 자식 다 키우고 남편은 귀찮아질 친구들과 마음 나누며 가까이 살면 되지 않을까 싶다. 노후에 나를 돌봐줄 자식은 없지만 드라마 〈디어 마이 프렌즈〉에서처럼 친구 우수키의 딸을 우리 모두의 딸로 공유하는 모습을 슬쩍 기대하면서 지금처럼 혼자 지내는 모습이 현재 가장 많이 그리는 나의 미래다. 다만 혹시나 다시 누군가에게 관심이 가고 마음 가는 일이 생긴다면 (이제는 이런 마음이 얼마나 젊은 건지, 얼마나 소중한 건지 알기에) 그때는 이순신 장군처럼 굴지 않고, 티를 좀 내리라 꾹꾹 다짐하면서.

12년 만에 새 책을 낼 준비를 하고 있다. "연애하고 결혼하는 이야기가 담길 때가 되면 다시 책을 낼게요"라고 했던 말은 아무래도 못 지킬 것 같다.

슬기로운
병원생활

》

몇 해 전, 처음으로 화상과 관련 없이 몸에 작은 이상이 생겨서 종합병원에서 수술을 받고 사흘간 입원을 했다. 사고 후, 초반 3년은 대형병원에서 입퇴원을 반복하며 피부이식 수술을 받았지만 그후로는 작은 병원에서 수술을 받았기에 종합병원을 찾은 건 꽤 오랜만이어서 전과 달라진 점들이 아주 인상깊었다.

수술 날 아침, 수술센터에서 환자복으로 갈아입고 주사를 꽂고 이동 침대에 실려 수술실 복도 천장을 보면서 긴장하며 수술실로 들어갔다. 이런 식으로 수술실에 들어온 게 십수 차례가 넘지만, 그동안 단 한 번도 누가 내게 인사를 건넨 적이 없었다. 누워 있긴 하지만 그래도 '사람'이 들어왔는데 말이다. 그런데 이번에는 나를 데리고 온 직원분이 환자가 들어왔다고 말하자 의료진이 먼저 내게 인사하며 많이 기다렸는지, 누구와 함께 왔는지 물으며 일상적인 대화를 건넸다. 그곳에서 나는 그들의 일거리가 아니라 사람이었다. 수술 준비를 마치고 마취 직전, 태블릿PC로 본인 확인을 진행하고 내가 어떤 수술을 받는지 알고 있는지를 확인했다. 의료진도 환자도 보호하는 절차였다.

'여러모로 세상 참 좋아졌구나' 생각하며 잠이 들었다. 깨어나니 수술은 끝났고 회복실을 거쳐 병실로 옮겨졌다. 이제 병실 침대로 옮기는, 내가 참 싫어하는 순간이 다가왔다. 전에는 수술이나 치료를 마치고 침대를 옮겨야 할 때 여러 명의 의료진이 내가 누워 있는 침대 시트의 네 귀퉁이를 잡고 한 번에 하나 둘 셋 하고 들어올려서 옮기거나, 내가 누워서 (애벌레처럼) 상체와 하체를 번갈아 꿈틀대며 옮기는 식이었다. 어느 쪽이든 부끄러울 수밖에 없는 과정이었다. 그런데 이번엔 나에게 몸 오른쪽을 살짝 들어달라고 요청하더니 내 등쪽 침대 시트 밑으로 넓은 판자를 쓱 밀어넣은 다음 그 판자를 내가 옮겨가야 할 침대 쪽으로 기울였다. 그러자 몸이 스르르 미끄러지며 병실 침대로 몸이 옮겨지는 것이 아닌가! 누가 생각해냈는지 이렇게 간단한 방법으로 힘도 덜 들이고 환자의 수치심을 없애준 그분이 정말 고마웠다.

6인실 병실에 입원했다. 침대 사이에 커튼을 쳐둬서 시각적으로는 사생활이 보장되지만 사실 소리로는 완벽한 한 방 생활이다. 직접 시시콜콜 묻고 대답을 듣지 않아도, 의료진이나 가족과 주고받는 대화를 들으면 어떤 병 때문에 무슨 수술을 받는지, 며칠째 입원중인지 금세 파악이 된다.

수술 후 몇 시간은 물도 못 마시고 잠도 자면 안 되어서 중간중간 무통주사 버튼을 누르며 아직 얼굴도 마주하지 못한 병실 룸메이트들의 사정을 듣게 되었다. 내 왼쪽에 계신 분은 이틀 전에 수술을 받은 내 또래였고, 그 앞에 계시던 분은 지금 수술 들어가서서 남편분이 초조하게 기다리는 중이고, 내 오른쪽에는 나보다 한 시간 뒤에 수술을 마치고 들어온 분이 계셨다. 나 빼고는 모두 암 진단을 받고 수술을 받은 분들이었다. 회진 때 내 건너편 환자분은 개복을 해보니 암 4기였고 앞으로 항암 치료를 수차례 받아야 한다는 이야기가 들렸다. 남편분이 잠시 자리를 비웠다가 돌아와서는 부인을 붙잡고 우는 소리가 들렸다. 초로의 남성이 꺼억꺼억 흐느끼는 소리는 정말 슬펐다. 내 옆자리 여자분도 그 소리에 훌쩍였다. "평생 고생만 하고 이게 무슨 일이야…… 우리 같이 산티아고 순례길 걷자고 했는데, 당신이 건강해야지." 그렇게 부부는 한참을 울다 마음을 추스르고 백 살까지 살자고 서로를 다독였다.

그 방에 있는 모두가 조용히 그 울음을 들었다. 아무도 알은체하지 않고 섣부른 위로도 건네지 않는다. 정도는 다르지만 비슷한 부위에 병을 얻어 비슷한 때 입원한 여섯 명의 환자와 가족. 며칠간 한 방에서 지내며, 말은 하지 않았지만 우리는 한마음이었다. 같이 울고, 아직 금식중인 분들한테 미안해하며 조용히 빠르게 식사를 마쳤다. 앞자리 환자가 어제보다 오늘 더 잘 걷는 모습을 보면서 자기 일처럼 기뻐했고, 씩씩하게 치료받고 잘 회복해서 언젠가는 꼭 부부가 같이 산티아고 순례길을 걸었으면 하고 마음으로 응원했다.

예전에 입원했던 대형병원에서는 회진 때면 막내 의사

가 먼저 달려와서 곧 오실 최고참 의사의 길을 예비하고 환자를 준비시켰다. (그 덕에 환자와 가족은 괜시리 긴장상태로 대기중.) 그러고 나면 꼭 말발굽 소리처럼 우르르 발소리를 내며 의사들이 들어와 환자를 구경(?)하다가 몇 마디 지시 사항을 내리고 나가버렸다. 하지만 이번엔 차분한 목소리로 환자의 질문에 성심성의껏 대답해주는 의사들을 보았다. 작은 말실수에 대해 곧바로 사과하는 모습도 보았다. 인기리에 방영됐던 병원 드라마 속 의사들처럼 자기 이야기도 꺼내며 환자들의 인생에 개입하지는 않았지만, 충분히 드라마틱한 변화로 느껴졌다.

병원생활을 하다보면 누구보다도 의료진에게 감사하지만 의료진 때문에 상처받는 일들도 생기기 마련이다. 나는 환자 입장에서 말하지만, 서로 스트레스가 심한 상황에서 만나는 관계이다보니 사실 양쪽 다 할말이 많을 것이다. 이번 병원생활을 통해 병원이 환자 중심으로 변해가는구나 실감했다. 수직적 관계가 아닌 수평적 관계로, 환자는 도움을 구해야 하는 약자가 아닌 의료 서비스를 받는 소비자로서 설명을 들을 권리가 있고, 합리적 선택을 할 권리와 수치심을 당하지 않을 권리를 보장받는다.

그동안 여러 병원을 다니며 억울하고 답답할 때마다 엄마는 "아픈 사람이 죄인인 거야" 하셨다. 그런데 이제는 아니다. 환자는 죄인이 아니다. 이제 환자도 사람으로 대하는 병원에서 의사든, 간호사든, 환자든, 직원이든 모든 사람이 슬기로운 병원생활을 할 수 있으면 좋겠다.

모두에게
메리 크리스마스

》

크리스마스 아침을 떠올리기만 해도 기분이 좋아지던 때가 있었다. 내가 아직 학교도 들어가기 전, 우리 가족은 충남 대천에서 살았다. 1층엔 주인집 슈퍼가 자리한 주택의 2층에 세 들어 지냈다. 겨울이면 거실 중간에 놓인 연탄난로에 떡을 구워먹던 그 집에서 12월 25일 아침 눈을 뜨면 머리맡에 산타클로스 할아버지가 놓고 갔다는 선물이 놓여 있었다. 오늘밤에는 기필코 산타클로스를 보겠다고 다짐한 오빠에게 산타 할아버지는 어떻게 들키지 않고 몰래 왔다 갔을까. 또 어쩜 내가 원하던 딱 그 장난감을 놓고 갔을까. 생각하면 할수록 신기했고 신이 났다. 서랍장에 걸

어놓은 양말에는 동전도 한 움큼 들어 있었는데, 그때 오
백 원짜리라도 하나 끼어 있으면 그 큰 동전이 얼마나 반
가웠는지……

예수님이 누구인지도 모르던 때였는데, 예수님 생일 아
침이면 여섯 살 어린이는 눈을 뜨는 순간부터 설레고 행복
했다. 선물받은 장난감을 가지고 놀다가 기어이 오빠와 싸
워서 엄마에게 장난감을 압수당한 크리스마스도 있었다.
엄마가 잠시 집을 비운 사이 오빠의 꼬임에 넘어가 식탁
의자에 올라가 엄마가 냉장고에 놓아둔 장난감을 꺼내 가
지고 놀다가 엄마한테 더 혼나고 눈물을 짜기도 했지만 크
리스마스는 싸워도, 혼나도 행복한 날이었다.

그런데 크리스마스가 다가오는 게 참 서글픈 때도 있었
다. 스물세 살 여름 교통사고를 만나고 두 달 조금 넘게 중
환자실에 있었다. 그래도 '크리스마스가 되기 전에는 집에
갈 수 있을 거야'라는 희망이 있었기에 그 시간을 버틸 수
있었다. 하지만 의약 분업 문제로 한참 의료 파업이 이어
지던 시기라 그해 가을에는 어떤 수술도 받을 수 없었다.
어찌어찌 병원을 옮겨서 기다리고 기다리다 열여덟 시간
에 걸쳐 인조 피부 이식 수술을 받았지만, 일주일 후 그 인

조 피부마저 다 녹아버렸다는 사실을 치료하던 의료진의 혼잣말을 듣고 알게 되었다. 우리 가족 누구도 힘들다는 말조차, 내색조차 할 수 없던 때였다. 한 명이라도 주저앉으면 와르르 무너질 위태위태한 상황이었다.

진통제 없이는 견딜 수 없던 시간이, 그렇게도 길게만 느껴지던 하루가 그래도 흘러서 야속하게도 크리스마스가 다가왔다. '이때쯤이면 집에 갈 수 있겠지' 했었는데 언제 집에 돌아갈 수 있을지 희망을 품는 일조차 두려운 상황이었다. 나는 여전히 얼굴에 피부도 없이 병실에 누워 있었다. 그리고 그런 내게 크리스마스카드를 보내온 사람들이 있었다.

학교 친구들, 오래전 연락이 끊겼던 초중고 동창들, 교회 식구들, 교수님들과 선생님들, 별로 친하지도 않았던 지인들까지 정말 많은 분들이 크리스마스카드를 보내줬다. 조심스러워 병문안도 오지 못하는 사람들의 마음이 고민하며 골랐을 예쁜 카드에 정성스레 쓴 글자 하나하나에 담겨 있었다. 나의 회복을 기도하며 나의 행복을 바라는 진심이 꾹꾹 눌러 담겨 있었다. 그때는 내 손으로 종이 한 장조차 잡을 수 없었기에 옆에서 가족들이 대신 읽어주었다. 한

번 보고 정리해두기엔 너무 아쉬워서 받은 카드를 한 장 한 장 내 침대와 마주보는 벽면에 붙여달라고 했다.

밤새 눈이 소복하게 내려 화이트 크리스마스였던 그해 성탄절 아침, 눈을 떠보니 눈앞에 사람들의 응원이 가득했다. 각각 다른 사람이 다른 카드에 적었지만 모두 한마음이었다.

"넌 혼자가 아니야. 지금 옆에 있지는 못하지만, 마음은 지금 네 옆에 있어."

카드로 가득 채워진 그 벽을 떠올리는 일이 지금까지도 얼마나 큰 힘이 되는지 모른다. 다가오는 크리스마스가 참으로 서글프던 그해, 살면서 가장 따뜻한 크리스마스를 맞았다. 그리고 이듬해 봄, 수술을 마치고 집으로 돌아올 수 있었다.

지금도 누군가는 서글프고 외로운 시간을 보낼지도 모른다. 이 글을 읽으며 그 한 사람이 떠오른다면 늦지 않았다. 진심을 꾹꾹 눌러 담아 메시지 하나, 전화 한 통 건네면 좋겠다. 당신이 있어 내가 혼자가 아니듯, 서로가 서로에게 희망이 되어주자고 얘기하면 좋겠다. 지금 옆에 있진 못하지만 마음으로 함께하고 있다고 전하면 좋겠다. 그리고 이

글이 마음 시린 상황에 놓인 어느 분께 내 병실에서 눈앞에 보였던 카드처럼 전해지면 좋겠다. 서로 잘 모르는 사이지만, 오늘 하루를 버텨낸 당신이 따뜻한 밤을 보내기를, 오늘보다는 조금 더 수월한 내일을 맞이하기를 바라는 사람이 여기 있음이 당신에게 또 하루를 살아갈 힘과 응원이 되면 좋겠다.

콧물이
흐른다

»

지난주에 피부 이식 수술을 받았다. 작년에 받은 수술
이 진정 마지막이 될 거라 기대했지만, 겨울이면 연례행사
처럼 치러온 수술을 올해도 받았다. 해가 거듭될수록 나는
수술에 익숙해졌지만 엄마는 그렇지 않았다. 나는 거듭 수
술을 받아도 몸이 괜찮아지면 그 고통이 잊히기도 하는데
부모 마음은 그렇지 않은 것 같다. 내가 아무리 아프지 않
다고, 괜찮다고 말해도 부모님은 믿지 못하고 당신 걱정시
킬까봐 거짓말한다며 나보다 몇 배 마음고생을 하신다.

사고 후 첫 2년 동안에는 살아남기 위해 정말 목숨걸고
열몇 시간씩 이어지는 수술을 받았다. 그리고 그후 20년

동안 더 쓸 만한 몸으로 살아가기 위해 내 나이를 훌쩍 넘는 횟수만큼 재건을 위한 피부 이식 수술을 받았다. 고생하면서 수술을 받아도 늘 결과가 좋은 것은 아니었고, 그 모든 순간을 엄마와 함께했다. 몇 차례 수술이 실패했을 때의 슬픔과 애달픔이 엄마와 나의 기억 여기저기에 트라우마처럼 남아 있기도 하다.

어느새 70대가 가까워진 엄마 입장에서는 환자가 된 딸의 모습을 보는 일도, 2주일간 마음 졸이며 피부 이식 수술의 성패를 지켜보는 일도 점점 버거우신 듯하다. 부모가 되어본 적이 없어서 엄마 마음을 다 헤아리지는 못하지만 20년 넘게 수술대에 오르는 딸을 둔 엄마의 마음을 나도 아주 모르는 건 아니다. 10년 전과 비교해보면 우리 딸은 불편해 보였던 데도 많이 좋아졌고, 사진을 찍어도 엄청 불쌍해 보이는 얼굴도 아니고, 게다가 직장생활도 잘하고 있으니 이제는 당신 딸이 환자가 아니라 그냥 평범한 일상을 사는 사람이었으면 하실 것이다.

1년 중 열한 달 동안은 '이제 내 딸은 괜찮지, 내 딸은 환자가 아니지' 하다가 의사 선생님과 수술 상담을 하는 자리에서 내가 "여기가 불편해요" "여기도 불편해요"라고 말하면, 옆에서 듣던 엄마는 '아직 내 딸은 괜찮지 않구나' 하는 현실에 직면하시는 것 같다. 딸은 불편하다고 얘기하고, 의사는 나아질 수 있다고 자신하니 엄마는 어쩔 수 없이 또 한번 딸의 고생을 가장 가까이서 환자보다 더 마음 졸이며 지켜보는 역할을 감내할 수밖에 없다.

이번에도 엄마는 수술을 안 했으면 하는 걸 알았기에 내내 눈치를 보다가 혼자 병원에 가서 수술 전 상담도 받고 수술 날짜도 잡았다. 수술받는다고 얘기는 했지만 엄마가 계속 떨떠름해하셔서 수술 당일에는 아빠가 병원까지 데려다주셨고, 수술이 끝나고는 퇴근하는 오빠의 차를 얻어 타고 집으로 돌아왔다. 엄마가 동행하지 않은 수술은 처음이었다. 더 편한 몸으로 살고자 하는 내 욕심이 결국 부모 마음을 이겼다.

기어코 수술을 감행한 건 여전히 피부가 모자라서 한쪽으로 당겨져 불편하기 때문이다. 꼭 피부에 덕트 테이프 같은 걸 붙여놓아서 전혀 늘어나지도 않고 한덩어리로 꽉 옥죄는 느낌이다. 지난 수년 동안 피부가 모자라서 당기는 목과 턱, 잘 벌어지지 않는 입, 잘 감기지 않는 눈과 잘 돌아가지 않는 손목 등에 추가로 계속 피부 이식 수술을 받왔다.

초반에는 화상을 입지 않은 피부의 표피를 떼어다가 화상으로 피부가 없어진 곳에 이식을 했다. 이렇게 부분층 피부 이식Split Thickness Skin Graft을 하면 한 번만 수술해도 넓은 화상 부위를 덮을 수도 있고, 사흘이면 피부가 옮겨진 자리에 표피가 붙는다. 의료용 스테이플러로 피부를 고정해놓기도 하지만 실로 꿰맬 필요도 거의 없이 말 그대로 붙는다. 표피를 떼어낸 피부 공여 부위는 표피가 없어졌으니 무척 아프지만 2주 정도 지나면 새로운 표피가 생긴다. (이 얼마나 감사한 사실인가!) 많게는 서너 번까지 한자리에서 표피를 뗄 수 있단다. 그러니 나처럼 넓은 부위에 화상을 입은 환자에겐 표피 이식 수술이 생명을 살리는 유일한 방법이다.

그런데 좋은 점만 있는 것이 아니다. 표피만 이식하면 이식된 피부 표면이 원래 피부와 다르게 엄청 빨갛고 딱딱해진다. 더 짜증나는 일은 이식한 피부의 면적이 점점 수축한다는 사실이다. 피부가 쪼그라드니 자연스레 변형이 온다. 손목이 여러 각도로 꺾여야 되는데 피부가 딱딱하게 굳어지며 줄어드니까 외관은 둘째치고 관절을 사용할 수가 없다. 그러니 관절이 구부러질 정도로 늘어나려면 모자란 면적만큼 피부를 덧대는 추가 수술을 받을 수밖에 없다.

이때 필요에 따라 표피 아래의 진피 조직까지 같이 떼어서 이식하는 전층 피부 이식술Full Thickness Skin Graft도 진행한다. 전층 피부 이식술은 성공만 한다면 건강한 피부와 색과 재질도 비슷하고 아주 약간의 탄력성도 갖는다. 하지만 한 번 떼어낸 진피 조직은 재생되지 않아 봉합해야 하기 때문에 봉합 수술 흉터도 남고 피부 공여 후 그만큼의 피부가 없어지는 셈이라서 외관상으로도, 일상적인 동작을 수행하는 데도 무리가 없을 부위에서만 뗄 수 있다. 게다가 진피는 두껍기 때문에 이식에 실패할 확률이 높다. 표피 이식이 붙이는 개념이라면 진피 이식은 옮겨심기에 가깝다.

잘만 자리잡으면 언제 이 피부가 다리에 있었나 싶게 새로운 분위에 이질감 없이 붙지만 조금이라도 움직여져서 피가 통하지 않으면 점점 검게 변해 괴사해버린다. 한 번 그렇게 변하면 어떤 방법으로도 영영 되돌릴 수가 없다. 그러면 몇 주간 괴사한 피부가 녹아내리는 모습을 고통스럽게 지켜봐야 한다. 그뿐 아니라 그 자리가 딱딱하고 빨간 상처 조직 같은 살로 채워지다가 옆 피부를 끌어당겨

변형되기도 한다. 결과적으로 수술을 안 하느니만 못한 상태가 될 수도 있다. 그러니 이 전층 피부 이식술을 하면 피부가 뿌리를 내리는 2주일 동안은 꼼짝하지 않아야 한다. (그것이 목 부위라면 침 삼킬 때도 조심할 정도다.) 지금껏 그걸 옆에서 지켜본 엄마는 뼈가 녹는 시간이라고 했다.

처음 1~2년은 아주 넓은 부위에 부분층 피부 이식을 했지만 그후에는 대부분 전층 피부 이식을 받았다. 다리는 거의 화상을 입지 않았고 허벅지가 꽤 튼실했기에 그렇게 많이 수술을 해도 떼낼 만한 면적은 충분했다. 그래서 내 허벅지에는 진피를 떼내고 봉합한 자국이 많이 생겼지만 그 덕분에 손목도 돌아가고 눈도 감기고 고개를 들면 빳빳한 줄이 생기면서 당기던 목도 편안해졌다. 그래서 언젠가부터는 이만하면 정말 편해졌으니 "이번이 마지막 수술"이라고 말했다. 기록을 찾아보니 2015년에도 "양치기 소년처럼 매번 이번이 마지막 수술이라고 하면서 몇 번째 수술인지 모르겠어서 이번에는 소리소문 없이 수술을 받았다"라고 썼더라. 징글징글하다. 매번 진심으로 그렇게 생각해서 마지막이라 했지만 이게 엄마에겐 희망 고문이 된 셈이었다.

하지만 나도 할말이 있다. 수술 전에는 '여기만 좋아지면 이젠 수술 안 받아도 돼'라고 생각해서 제일 불편했던 부위에 피부를 이식한다. 그런데 그러고 나면 수술 전에는 신경도 안 썼던 자리가 갑자기 이제 일등으로 불편하다고 아우성치며 다음 수술을 해달라고 번호표를 뽑고 기다린다.

이번엔 오른쪽 목이, 새끼손가락이 지난 11개월 동안 불편하다며 아우성치는 게 아닌가! 이틀에 걸쳐 허벅지에서 가로 16센티미터×세로 3센티미터 면적의 피부 전층을 네 덩이 떼어 오른 목과 오른손에 이식했다.

사실 지난 17년 동안 수술을 맡아주신 이재화 원장님을 만나지 않았더라면 진즉에 피부 이식 수술을 그만뒀을 것이다. 2004년에 이재화 원장님이 수술을 해주고 싶다는 연락을 하셨을 때 이제 수술은 안 한다며 매몰차게 거절했었다. 유학을 떠나기 직전이기도 했고, 이미 열다섯 번 넘게 죽을 고비 넘겨가면서 수술했기에 '아이고, 나도 이제 힘들어서 더는 못 하겠다' 싶어 불편해도 그냥 만족하며 살자는 생각이었다. 게다가 종합병원에서도 화상 전문 성형외과의사가 아니면 선뜻 나서지도 않는 중화상 환자인 나를 개인 성형외과에서 수술해주겠다니까 '나를 광고에 이용하려고 그러나?' 싶기도 했다. 하지만 결국 이듬해 입이 너무 작아 치과 치료가 어려운데 혹시 방법이 있을지 알아보러 원장님을 찾아간 걸 시작으로 무려 17년 동안 방학마다 많으면 두세 번씩 수술을 받았다. 누가 보면 성형 중독이라도 된 것처럼 방학마다 성형외과를 찾은 것은 어떻게든 환자가 불편하지 않게 해주려는 원장님의 노력 덕분이다.

17년 전부터 받은 수술은 이렇게 진행된다. 수술할 면적이 크든 작든 언제나 미용성형 수술을 받으러 온 사람처럼 수술실에 내 발로 걸어들어가 수술대에 눕는다. 원장님과 함께 잠시 기도한 뒤 수면 마취를 해서 잠깐 잠이 들면 그 사이에 수술이 필요한 부위에 국소 마취를 한다. 잠시 뒤, 수면 마취에서 깨면 본격적인 수술이 시작된다. 수술하는 대부분의 시간 동안 나는 말짱하게 깬 상태로 수술 부위를 움직여가면서 더 불편한 데는 없는지 확인도 하고, 수술과 전혀 관련 없는 이런저런 일도 얘기하며 (남들은 엽기적이라고 할지 모르겠지만) 하하호호 웃으면서 수술을 받는다.

수술중에 피부가 모자란 부분을 절개하고 화상 때문에 딱딱해진 피하 조직을 정리하고 박리하는 동안 20년간 나를 옥죈 피부가 툭툭 놓이며 편해지는 것을 바로바로 느낄 수 있다. '다른 사람들은 다 이렇게 편하게 살았단 말이야?' 하는 배신감도 들면서 이렇게 편해질 수도 있다는 사실에 놀란다. 얼마나 편해졌는지를 바로 확인할 수 있기에 끝까지 당기는 포인트를 찾아서 '해결한다'. (말은 이렇게 쓰지만 '수술 부위가 커진다'고 읽으면 된다.) 그러다보니 세 시간 정도로 예상했던 수술이 예닐곱 시간 넘게 걸릴 때도 많았고 하루 만에 끝나지 않아서 다음날로 넘어가기도 했다. 다른 병원에서라면 혼자서 이렇게 큰 수술을 안 할 텐데…… 한 번에 이렇게 여러 군데 수술도 안 해줄 텐데…… 나를 홍보에 쓰기는커녕 재료비도 안 나올 것 같은 수술비만 받고 작년에 왔던 각설이마냥 잊지도 않고 찾아오는 나를 원장님은 매번 시간 들여 공들여 수술해주셨다.

그 기꺼운 수고 덕분에 이제 손목도 돌릴 수 있고 입도 더 벌릴 수 있어서 치과 치료도 받았다. 피부가 모자라서 없어졌던 턱도 찾았고, 얼굴을 정면으로 들기도 어려웠는데 이제 고개도 젖힌다. 예전에 피부가 모자라서 눈이 잘 안 감기는 내 눈을 보고 어떤 의사가 "나이들면 피부가 처지니깐 그때 되면 눈이 감길 겁니다" 했는데, 원장님 덕에 눈도 감기고 심지어 이식한 피부로 쌍꺼풀 모양도 만들어주셨다.

　환자의 불편한 곳을 고쳐줄 수 있으니 보람되다 생각해
주시는 마음씨 좋고 솜씨 좋은 이재화 원장님, 나를 친동생
처럼 여겨주며 기꺼이 야근을 해주시는 백은순 간호사님,
수술중에 수술 부위 궁금하다고 거울로 보여달라고 요청
하는 조금 별난 환자인 나까지 우리 삼인조는 시작은 미약
하였으나 늘 나중은 창대한 수술을 무려 17년간 함께했다.

　나를 보고 '수술해도 거기서 거기 아닌가……' 할 수도
있겠지만 확실히 조금만 고생하면 더 편해지고 좋아졌다.
엄마들이 아이를 기르며 얻는 기쁨이 크다보니 산통을 잊
고 둘째를 가진다고 말하듯이 나도 그런 셈이다.

　이번엔 목과 오른손에 피부 이식을 받으면서 왼쪽 콧구
멍 내부를 넓히는 수술도 함께 진행했다. 화상을 입으면
피하 조직까지 딱딱해지고 비대해지는데 그게 코 안에 생
기니 콧구멍이 좁아져 코로는 거의 숨을 쉴 수 없었다. 누
구는 미용 목적으로 콧볼을 줄이는 수술을 하지만 나는 코
로 숨쉬어보겠다고 딱딱해진 콧속 피하 조직을 정리하고
양쪽 콧볼을 덧대는 수술만 수차례. 콧볼 자체도 작지만
콧속이 너무 좁아 그간 화장지를 길쭉하게 돌돌 말아서 코

안쪽에 집어넣었다가 빼는 나만의 뚫어뻥 방식을 사용했다. 그런데 지난주 수술을 받은 날 밤, 집에 돌아와 아주 신기한 경험을 했다.

콧물이 주르르 흘러내린 것이다. 20년 만의 일이었다. 콧물이 흐른다. 기쁘다. 밤새 입을 다물고 양쪽 코로 숨쉬며 잔다는 게 신기하고 놀랍다. 이식한 피부를 뚫고 쏙 자라난 눈썹을 처음 발견했던 어느 밤처럼 기쁘다. 짧아진 손가락으로 펜을 잡고 삐뚤빼뚤이어도 다시 글씨를 쓰던 그날처럼 기쁘다. 수술 후 입이 커져서 다시 햄버거를 먹을 수 있었던 그날처럼 기쁘다. 재활 훈련을 하며 팔꿈치가 터지고 다시 채워지기를 반복하다 드디어 손끝이 귀에 닿았던 날, 다시 오른손으로 전화도 받게 된 그때처럼 기쁘다.

다른 사람은 잘 모르는 미미한 변화일지라도, 들인 공에 비해 아주 작은 소득일지라도, 내게 일어난 기분좋은 긍정적인 변화를 확인하고 크게 기뻐하는 오늘. 남들은 모르는 행복을 나는 그렇게 한 뼘 더 크게 누렸다.

미래 일기를
보았다

»

　작년에 거의 20년 만에 새로운 집으로 이사하면서 엄마와 내 방 사이의 거리두기를 감행했다. 나는 항상 부모님이 쓰시는 안방과 마주보는 방을 사용했다. 심지어 고등학생 때도 시험 기간에 불안하고 긴장되어서 잠이 잘 안 올 때면 부모님 침대 옆에 이불을 깔고 잘 정도로 부모님과 가까이 지냈다. 사고 이후에는 특히 밤이면 이식한 피부가 가려워서 엄마와 한 침대에서 같이 잘 수밖에 없었다. (그후 자연스레 엄마 아빠는 각방을 쓰시게 되었다.) 유학 시절에도 방학 때 집에 돌아오면 엄마와 자는 날이 더 많았다. 그러다 아마도 엄마가 수면에 어려움이 생기면서 방해되지 않으려고 다시 내 방에서 자게 됐나보다.

　내 방은 엄마 방과 마주보는 위치였는데 방문을 열고 지내기 때문에 딱히 따로 자는 기분은 아니었다. (우리집은 방문을 닫고 있으면 '도대체 뭘 하길래 문을 닫았지?' 하고 수상해할 정도로 모두가 당연히 방문을 활짝 열어놓고 한 공간에서 지낸다.) 하지만 밤에 아주 작은 소리로 음악을 들어도 잠귀 밝은 엄마의 수면에 방해가 되고, 눈만 뜨면 서로의 침대가 곧장 눈에 들어오기 때문에 늦은 시간까지 휴대전화를 써서 불빛이라도 보이면 엄마의 걱정 섞인 잔소리가 시작된다. "또 이렇게 늦게 자면 내일은 몇시에 일어나려고 그러냐⋯⋯" 공간의 분리가 필요했다.

　그래서 이번에도 비슷한 구조의 집으로 이사 가게 되자 아빠와 방을 바꾸겠다고 선언했다. 문간방을 내가 쓰고, 거실과 짧은 복도를 지나 오른쪽은 엄마 방, 왼쪽은 아빠 방으로 하면 어떻겠느냐고 제안했다. 엄마는 아빠와 같은 화장실을 쓰는 게 싫다고 마음에 안 들어하셨다.

　안방, 문간방 개념이 확실한 옛날 사람인 아빠가 문간방을 쓰시는 건 마음이 불편해서 더이상 안 되겠다며 내가 문간방을 쓰겠다고 나섰지만, 실은 엄마 방과 내 방 사이에 거리를 둬 자유를 얻겠다는 목적이 더 컸다. 오빠와 이모에게 내 의도를 설명하며 지원을 요청해 결국 정작 본인들은 원치 않는 '부부의 세계'를 만들어드리고 나는 엄마로부터의 분리와 밤시간의 자유를 얻었다. 엄마와 거의 모든 일상을 공유하고 다른 또래 친구들보다는 아주 많은 시간을 정말 즐겁게 엄마와 함께하지만, 약간의 거리두기도 나쁘지 않았다. 문간방 생활을 시작한 후로는 주말에 서울 집에 올라와서 밤늦도록 휴대전화로 웹서핑도 할 수 있고 좋아하는 팟캐스트 방송이나 음악도 들을 수 있었다.

이사 후 방을 정리하다가 오래전 썼던 다이어리를 발견했다. 1997년 대학생 새내기 이지선의 하루하루가 빼곡히 적힌 다이어리였다. 지금은 연락이 뜸해진 친구들과 교회 언니 오빠들, 동아리 선배들의 이름이 반가웠다. 기억이 가물가물한 소개팅남, 미팅남과 어디에서 만났는지, 무슨 영화를 봤는지, 삐삐가 왔네 안 왔네 하며 마음 졸인 얘기도 다 적혀 있었다. 그 시절 좋아했던 오빠와 나우누리 통신으로 채팅하며 설렌 얘기도, 여기저기 대학 축제 구경 다녔던 얘기도, 혼자 관심 있던 애랑 우연히 지하철 같은 칸에서 만나서 학교까지 간 날 운명적인 만남이라며 혼자 매우 신났었던 얘기도, 군대 간 오빠가 휴가 나와서 집에 있으니 귀찮단 얘기도, 또 그렇게 놀면서도 재수를 할까 말까 나름대로 꽤 오래 심각하게 고민했던 흔적도 새로웠다. 지금 보면 너무 유치해서 누구에게도 공개할 수 없는 스무 살의 하루하루, 그야말로 '응답하라 1997'이었다.

그때의 일기를 읽으며 새록새록 떠오르는 추억에 빠지다가 충격받았던 건 거의 매일의 일기에 엄마와의 에피소드가 등장한다는 점이었다. 늦게까지 PC통신한다고 엄마가 화났다는 얘기, 아침에 편지도 안 써두고 엄마의 기분을 못 풀어드리고 나와서 속상하다는 얘기, 그러다 또 엄마랑 같이 지내는 게 너무 좋다는 얘기 등등. 일지처럼 대여섯 줄로 짧게 쓴 하루의 기록 속에도 "엄마가 이렇게 말했다, 저렇게 말했다" 적혀 있었다. (흡사 『승정원일기』 급이었다.) 그때도 엄마는 내 일상에 지대한 영향력을 미치는 존재였던 것이다.

그동안 내가 이 나이 되도록 엄마와 분리되지 못하고 조금은 과한 애착관계로 지내는 건 사고 이후에 벌어진 일련의 일 때문이라고 생각했었다. 다치고 나서 혼자서는 아무것도 못 하게 됐을 때 엄마가 늘 내 손과 발이 되어주었다. 아픈 것만 대신 못 해주셨을 뿐, 거의 모든 일을 나 대신, 또 함께해주셨기에 엄마와 나는 특별히 가까울 수밖에 없다고 생각했다. 그리고 나를 위해 희생한 엄마가 나 때문에 마음 상하거나 몸이 힘들어진다면 그건 도리가 아니다 싶었다. 그래서 엄마의 행복이 곧 나의 행복이라 여기며 기민하게 엄마의 기분을 살폈다. 농담처럼 아침마다 용안을 살펴 임금님 비위를 맞춘다고 할 정도로.

우리 가족이 서로 워낙 가깝고 수다스러워서 시시콜콜 얘기하는 편인데다가 엄마는 인터넷에 검색하면 잘 안 나오지만, 살면서 꼭 필요한 정보들을 다방면에 걸쳐 잘 아는 일명 '안다 박사'이기 때문에 무슨 일이 생기면 엄마에게 의논했다. 엄마는 상황에 대한 통찰력도 있고, 판단력도 빨라서 무슨 일이 생기면 엄마에게 조언을 구하거나 위로를 받거나 힘을 얻고 따르는 무리가 엄마 주변에는 꽤 있다. 물론 그중 내가 으뜸이고. 그러다보니 머리 모양부터 옷 입는 것, 누구와 만날 약속을 정하는 것까지 엄마와 의논하기도 했다. 때론 너무 엄마 의견에 휘둘리는 것 같아서 내가 팔다리에 줄을 매단 마리오네트 같다고 인형 흉내를 내며 농담하기도 했다.

사고 이후 이러저러한 이유로 우리 모녀 사이가 더 끈끈해졌다고 생각했는데 그게 아니었다.

1997년 일기는 마치 어제 쓴 일기 같았다. 그때도 나는 일거수일투족 엄마의 영향력 아래 있었다. 일요일이면 교회에 가서 꼬박꼬박 설교를 받아 적었고 신앙적인 고민을 했다. 그리고 나는 누구인가, 재미란 무엇일까, 뭘 하면 재미있을까 궁리했다. 그 와중에 느릿느릿한 거북이 아빠는 뭣 때문에 저지레해서 우리 가족을 속터지게 했다. 이 모든 게 어제 일과 크게 다르지 않았다. 20년도 전에 쓴 일기가 꼭 어제 일기 같아서 너무 충격받았다고 얘기하니 친구 민개롱이는 어제 일기가 아니라 '미래 일기'가 아니냐고 대꾸했다. 딱 맞는 말이라 소름이 돋을 만큼 무서웠다.

미래에도 나는 크게 다르지 않을 것이다. 여전히 세 살 버릇을 못 고쳐서 엄마를 화나게 할 것이고, 뒤늦게 엄마의 용안을 살필 것이며, 아빠도 나이들어 심해지면 더 심해졌지 여전히 느릿느릿하실 것이다. 방을 옮겨서 밤시간 동안 몇 미터 거리를 두게 되었고, 평일에는 서울과 포항에 떨어져서 살지만, 엄마와 완전히 분리되기는 어려울 것이다. 사촌동생 하영이는 애당초 그렇게 오랜 기간 미국 유학생활을 하면서 엄마랑 떨어져 지냈는데도 정서적 독립을 못 하다니 '저 언니는 안 되겠다' 싶었단다.

초등학교 4학년 때인가 『내일 신문』이라는 어린이 소설을 아주 재미있게 읽었다. 어느 날부터 주인공 집 앞에 내일 일어날 사건 사고가 적힌 신문이 배달되고 미래를 알게 된 주인공이 곧 일어날 사고를 막아 사람들을 구한다는 내용이었다. 나도 미래 일기를 보았다. 나는 『내일 신문』 속 주인공처럼 좀 다른 미래를 맞이할 수 있을까? 내일의 나를 바꾸어 정신적 탯줄이 떨어진 독립적인 어른으로서 더 평범한 모녀 사이로 살면서 조금 더 평화로운 미래를 맞을 수 있을까? 부디 미래 일기를 본 덕분에 나도 내 미래를 새롭게 쓸 수 있기를 바란다.

마음의
감기

»

    덤으로 살아온 지 20여 년이 지났다. 덤으로 살게 된 첫 3년은 강렬하게 아팠고, 그 아픔을 견뎠고, 그 과정을 거치는 동안 많은 선물을 받았다. 그래서 나도 남에게 뭔가를 주며 살아야겠다 싶어서 그간 참 열심히 살았다. 잠을 줄여가며 하루가 36시간인 듯 백만돌이 에너자이저처럼 매일 매 순간 열심히 살았다고 하기엔 양심에 찔리는 날들이 많긴 하다. 그래도 좋지 않은 체력에 따라주지 않는 몸뚱어리를 이끌고 내키지 않는 일이라도 이건 '해야 하는 일이니깐' '하겠다고 말했으니깐' 하며 나름대로 나 자신과의, 다른 사람들과의 약속을 열심히 꾸역꾸역 지켜왔다.

유학중에도 방학마다 한국에 돌아와서 수술받고 불편한 몸 고쳐 쓰면서 붕대를 감고 틈나는 대로 '한국은 참 넓기도 하구나' 감탄하면서 내가 받은 선물을 이곳저곳에 이야기로 나누며 살았다. '하기로 약속했으니까 어쩔 수 없지……' 하면서도 마치고 나면 항상 보람됐다. 별로 좋아하지 않는 일과 때로는 잘 못하는 일을 하면서도 뜻밖의 재미와 배우는 즐거움을 느꼈다. 그렇게 애쓰고 용쓰고 살면서 행복하다, 감사하다고 자주 생각했으니 참 괜찮은 시간이었다.

그사이 내 나이의 앞자리 숫자가 또 한번 바뀌었고, 그즈음 오랜 학생의 시간을 끝내고 직장인의 시간을 살게 됐다. 그렇게 국가에서 생애전환기 건강검진을 받으라고 안내하는 시기, 발달과 성장은 끝나고 조금씩 쇠퇴하고 성숙하는 중년이 시작된다는 인생의 전환기를 맞이했다. 몇 년 전까지만 해도 체력보단 정신력이라고 믿었는데, 이젠 누가 뭐래도 체력이 받쳐줘야 정신도 건강할 수 있다고 말하는 '중년'의 시기를 지나고 있었다. 이러저러한 영양제와 약을 챙겨 먹어야 하루를 지낼 수 있었다. 신체적, 사회적 역할이 동시에 전환되는 시기라 그랬는지 그즈음에는 내게 맡겨진 일에 최선을 다하려고 이를 악물고 사는 날이 대부분이었다. 버텨보겠다고 이를 악물고 다니는 나 자신이 갑자기 안쓰럽기도 했다. 사고 후 그렇게 크게 다치고 많이 잃었어도 내게는 없는 감정인 줄 알았던 자기 연민이라는 감정도 불쑥불쑥 나타났다. 퇴근해서 밤이 되고 주말이 되어 몸은 쉬고 있어도 머리와 마음속 스트레스와 긴장은 멈추지도 쉬지도 않을 때가 많았다. 어느덧 몸과 마음의 계절이 바뀌고 있었다.

나는 혼자 지내는 것을 극도로 싫어하고 힘들어하는 사람이다. 유학생활 12년 동안 중간중간 룸메이트와 함께 지내기도 했지만 대부분의 시간을 혼자 살았는데 그럼에도 혼자서 장을 보고, 혼자서 음식을 만들어 혼자 먹는 일은 도무지 익숙해지지도 극복되지도 않았다. 그런데 포항에서 일하게 돼 한국에 돌아와서도 혼자 살게 되었다. 그렇게도 같이 살고 싶던 가족들과는 한국에서 제일 빠르다는 기차를 타고도 세 시간 넘게 걸리는 곳에 외따로 떨어져 살았다. 유학생활중에는 외롭다고 하면 만날 친구들이라도 많았는데, 이제는 심지어 불러낼 친구 한 명 없는, 아무 연고도 없는 도시에서 생일날에도 혼밥을 하는 것이 이상하지 않은 일상이 되었다.

강의 시간이나 회의 시간을 제외하면 어차피 학교 연구실에서도 집에서도 혼자이기 때문에 늦게 퇴근한대도 별다른 의미도 없지만, 어느 늦은 밤 시골길을 굽이굽이 돌아 캄캄한 집으로 돌아오는 길, 내년도 그다음해도 지금과 크게 다르지 않겠구나 싶었다. 이렇게 학기와 방학이 두 번 반복되면 1년이 지나고 인생이 흘러가겠구나, 그렇게 나이들어가다 퇴직이라는 걸 하겠구나 싶었다.

기대할 일도 기다릴 일도 없는 내일이라는 생각이 들자 자꾸만 말수가 줄고 표정도 없어졌다. 때론 별일도 아닌데 눈물이 날 것처럼 마음이 울렁울렁했고, 어떤 생각을 조금만 길게 하다보면 이내 눈물이 고이기도 했다. (무서운 호르몬 녀석!) 손끝 발끝으로 기운이 쭈욱 빠지면서 세상만사 의욕을 잃어갔다. 몸은 천근만근으로 무거웠고, 마음은 자주 울컥했고, 일상은 재미없고 지루했다. 그러다 약이 필요한 건가 하는 생각이 들었다.

우리 몸엔 사람의 기분을 조절해주는 행복 호르몬이라고도 불리는 세로토닌, 의욕이나 집중력에 영향을 주는 노르에피네프린, 도파민 같은 신경 전달 물질이 꼭 필요하다고 한다. 이런 신경 전달 물질이 체내에 흡수되지 않은 채 일정량 있어주어야 즐거움도 느끼고 의욕도 생기는데, 마음의 환절기였던 그때 내 몸에는 이런 호르몬이 좀 부족했던 것 같다. 그래서 행복 호르몬이 체내에 재흡수되는 걸 막아주는 약(선택적 세로토닌 재흡수 억제제, SSRI)을 복용하게 되었다.

나도 그랬던 적이 있노라고, 내 아내도 먹은 적이 있다고 의사 선생님은 나를 안심시켜주셨다. 의사 선생님의 처방에 따라 감기가 더 깊어져 폐렴이 될 때까지 병을 키우지 않고 빨리 조치를 취해서인지 오래지 않아 기분과 감정이 원래 궤도로 돌아왔다. 조금씩 '한번 새로운 일을 시도해볼까?' 하는 힘도 생겼고 나를 억누르던 스트레스의 스위치를 잠깐씩 끄는 다른 방법을 찾으려고 노력할 에너지가 생겼다. 새로운 시도를 해보며 다시 삶의 의미와 재미를 찾아갔다. 시간이 흐르고 보니 언제 그랬나 싶게 마음의 감기는 회복되어 있었다. 그렇게 마흔앓이를 하며 생애 전환기를 지났다.

항우울제를 복용했다는 사실이 뭐 그리 숨길 일이냐고 생각하면서도 마이크를 잡고 이 이야기를 크게 하자니 어려웠다. 인구의 약 60퍼센트가 치료가 필요한 우울증을 경험한다고 한다. 우울감은 내가 성격이 나빠서 혹은 마음이 약해서, 어떤 어마어마한 큰 사건을 겪어서 생기는 병이 아니다. 아주 단순하게 말하면 뇌 신경 전달 물질의 불균형 때문에 찾아오는 것이다. 면역력이 떨어져서 걸린다는 감기처럼 말이다. 그런데 마음이 감기에 걸려서 아픈데도 '이러다 괜찮아지겠지, 좀 쉬면 나아지겠지, 더 열심히 기도해야지, 마음을 굳게 먹어야지, 내가 의지가 약해서 그런 거야' 하면서 병이 저절로 낫기를 기대하거나, 마음이 아픈 와중에 그 원인을 자기 자신 안에서 찾으며 자신을 비난하는 사람들이 있다. 연료가 떨어진 자동차를 두고 왜 움직이지 않느냐고 애꿎게 운전자를 탓하는 것과 다를 바 없다.

우울증은 그냥 내버려두면 시간이 해결해줄 일이 아니다. 가뜩이나 무기력하고 의욕 없는 자신을 채찍질하며 홀로 끙끙대지 말고 도움을 줄 수 있는 전문가를, 의사를 찾을 일이다. 물론 약을 복용하다보면 사람에 따라서 속이 메슥거리거나 잠들기 어려워지는 등 작은 부작용이 생길 수도 있다. 그럴대도 여러 약 중에서 나에게 맞는, 가장 부작용이 적은 약을 의사와 함께 찾아가면 된다. 게다가 장

기간 복용한다고 내성이 생기거나 중독이 되는 것도 아니라고 하니 그 걱정은 내려놓아도 좋다. 가만히 내버려두면 나에게 가장 치명적인 해를 가할 수도 있는, 보이지 않는 병을 치료해주는 치료약이다. 실제로 통계를 보면 해외에서는 항우울제 사용량이 높아질수록 자살률이 그에 반비례해 낮아진다고 한다.

혹시 신경정신과 약에 대한 높은 편견의 벽과 그로 인한 낙인 때문에 병원 찾기를 망설이는 분이 이 글을 보신다면, 부디 마음의 병을 더 키우기 전에 용기 내기를 바라며, 나에게도 마음의 감기가 찾아왔고, 항우울제의 도움을 받아 새로운 시도를 해볼 힘을 다시 얻었다고 나의 경험을 용기 내 나누어본다.

취미
노마드

»

    나는 취미를 갖고 싶었다. 공부하고 일하는 것 말고, 다른 사람이 '세상 쓸데없는 짓을 하네……'라고 생각할지라도 나는 즐거운 그런 활동 말이다.

    물론 취미가 건강에도 도움이 된다면 일석이조다. 운동은 좋아하지 않는 편이지만 앉아서 하는 운동인 자전거 타기는 좋아한다. 미국 사람들이 은퇴하면 가장 살고 싶은 도시로 꼽는 로스앤젤레스에서 박사과정 학생으로 살던 시절, 집에서 차로 20분도 안 걸리는 바닷가에 가면 자전거를 빌려서 탈 수 있다는 소식을 들었다. '박사과정 학생도 즐거울 일이 있어야지!' 하고 어느 주말에 용기 내 베니스 비치로 향했다. 혼자 자전거를 빌려서 해변 옆에 잘 만들어진 자전거길을 따라 달렸다. 왼쪽으로는 바다, 오른쪽으로는 베니스 비치 주변의 재미난 가게나 사람을 구경하며 페달을 밟다보니 어느새 산타모니카 비치였다. 천천히 구경하며 왕복하니 한 시간 정도 걸렸다. '그래! 이거야' 싶었다.

그때부터 짬짬이 자전거를 타러 갔다면 좋았겠지만 안타깝게도 시간이 날 때마다 나만의 자전거를 사기 위해서 인터넷의 바다를 헤맸다. 가격도 모양도 마음에 드는 자전거를 찾기 위해 온라인 마켓과 중고 마켓을 뒤졌다. 고르고 골라서 주문했는데 정작 타보니 불편했다. 결국 반품비 내가면서 환불받고 다시 고르기에 열중했다. 그렇게 장비 마련에 시간을 보내다가 '나는 왜 이렇게 까다로울까……' '따지는 게 많으면 돈을 더 써야 하는데 또 그럴 생각은 없다는 게 문제야……' 이러면서 자신에 대한 묵상이 이어졌다. 결국 그렇게 자전거에 대한 흥미는 사그라들었고, 가끔 친구들이 로스앤젤레스에 놀러오면 "여기가 최고의 관광 코스야"라고 데려가서 오션뷰 자전거길을 즐기는 정도로 만족했다.

박사과정중에는 베란다에서 채소를 길렀다. 인터넷으로 농사 공부를 (대강) 마치고 한인타운 마켓에 가서 깻잎, 상추, 부추 등등의 씨앗을 샀다. 그러고는 모양도 가격도 마음에 쏙 드는 화분을 찾겠다며 온라인과 오프라인 상점을 헤맸다. (돌아보니 여간 까다로운 게 아니다. 이래서 남자친구도 못 찾은 건가 갑자기 현실 자각 타임.) 결국 마음에 드는 게 없어 옷 정리할 때 쓰는 직사각형 투명 플라스틱통 바닥에 손수 물 빠짐 구멍을 내서 화분을 만들고 흙을 사다가 채웠다. 씨앗을 심고 이제나저제나 '싹이 올라오려나' '물을 너무 많이 줘서 다 죽은 것은 아닐까……' 애태우던 어느 날 아침, 까만 흙 위로 연두색 싹이 쏘옥 올라와 있었다. 그때의 기쁨은 잊을 수가 없다. 아침에 일어나면 물을 주었다. 행여나 작은 새싹에게 폭포수처럼 너무 거셀까봐 커피 핸드드립용 주전자로 살살 따라주었다. 새싹은 하루가 다르게 자라서 화분에 따로 적어두지 않아도 이건 상추구나, 이건 깻잎이네 알아볼 정도였다. 초보 농부가 한 구멍에 너무 많은 씨앗을 뿌려서 줄기가 한곳에서 좁게 자라기도 했다. 줄기 몇 개를 마치 고고학자가 유물 캐내듯 조심조심 솎아내 공간이 더 여유로운 화분으로 옮겨심기도 했다. 거름을 주면 더 잘 자라겠지 싶어서 당근 주스를 만들고 남은 찌꺼기를 흙에 올려놓았다가 찌꺼기가 썩고 벌레까지 들끓어서 그걸 또 일일이 걷어낸다고 난리인 적도 있었다. 이래저래 정성껏 상추와 깻잎을 무성하게 키웠고, 교회 동생들을 집으로 초대해서 바비큐 파티도 열어 쌈을 싸 먹으며 수확의 기쁨을 나눴다. 그랬던 게 한국에 몇 주간 다녀오니 밭은 폐허가 되어 있었다. 그리고 '학생은 논문을 써야지' 하며 밭을 갈아엎었다.

현재 사는 포항 집은 그야말로 논밭 뷰다. 어느 날 조카가 놀러와서 "여기 고모 땅은 없어?"라고 물었다. "응. 여기도, 그 어디에도 고모 땅은 없어." 이제는 체력도 따라주지 않아서 집에 화분조차 없지만, 농사를 짓고 싶다는 욕망은 여전하다. 종종 티브이 프로그램에서 남의 집을 구경할 때면 '나도 언젠가 저런 텃밭을 가꿀 조그마한 땅이 있는 집에 살아볼 수 있을까?' 하며 부러워한다. 현실에선 이룰 수 없으니 이젠 휴대전화 게임으로나마 농장을 가꾸며 대리만족중이다. 거기서만큼은 닭도 키우고 소도 키우고 밀과 콩을 경작해서 빵도 만들어 판다. 그 안에서 나는 손가락 하나로 세상 부지런한 대농大農이다.

나는 손으로 뭘 만드는 것도 좋아한다. 조카들과 고무 점토 놀이를 하면 애들보다 내가 더 빠져들 정도였다. 동네에 도예 공방이 있나 하고 검색해 무작정 전화를 하고 찾아갔다. 첫 수업으로 컵을 만들었다. 부드러운 흙반죽을 펴고, 밀고, 자르고, 돌돌 굴리고, 엎고, 쌓아가며 첫 작품을 만들었다. 음악을 들으며 조용히 손이 가는 대로 무언가를 만드는 시간은 정말 온전한 힐링의 시간이었다. 손잡이를 이런 모양으로 만든 학생은 처음이라는 선생님의 칭찬을 받으며 컵을 완성했다. 다음 시간에 드디어 완성된 첫 작품을 만났다. '어라? 그렇게 멋지지는 않네?' 뜨거운 가마에서 두 번 구워지고 나니 크기도 작아지고 무거워졌다. 매우 흡족하지는 않았지만 그래도 첫 작품이니 부모님 집에 가져와 당당히 다른 컵들과 함께 놓았다. 그런데 포항에 다녀온 어느 주말, 여기저기 찾아봐도 그 컵이 보이지 않았다. 아빠한테 내 컵 못 봤냐고 물었더니 "그 못생긴 컵? 그거 무거워서 찬장 맨 꼭대기로 치웠지!" 하시는 게 아닌가. 아니, 나의 첫 작품을! 아무리 못생겼어도 그렇게 꼬집어서 '그 못생긴 컵'이라고 부르다니. 그뒤로 육각 접시도 만들고, 사진을 보고 멋진 과일 접시도 따라 만들었다. 만들 때는 참 그럴듯했는데 이상하게도 계속 무겁고 못생긴 접시를 집에 가져왔다. 그렇게 점점 흥미가 떨어졌다.

어느 날엔 인터넷에서 미니어처 집 만들기 키트를 발견했다. 그래서 작은 텃밭과 야외 바비큐장, 작은 수영장도 딸린 평소 꿈꿔온 집처럼 생긴 키트를 골라서 겨울방학 몇 날 며칠을 매달렸다. 미니어처 집 만들기는 조립 수준이 아니었다. 소파 하나도 작은 나무 조각에 본드를 붙여 틀을 만들고, 천을 잘라서 씌웠다. 작은 쿠션도, 2단 디저트 접시도, 거실 샹들리에도, 아기 손톱보다 작은 욕실 샤워기도, 하나하나 만들어야 했다. 엄마는 눈 나빠지게 왜 이런 걸 하느냐고 타박하셨지만 그 작고 예쁘고 쓸데없는 것들을 만드는 동안 아기 손톱만한 걱정도 고민도 잊을 수 있었다. 다음 방학엔 내가 운영하고 싶은 커피숍도 만들고 케이크 가게도 만들어야지 계획했다. 그런데 그 꿈의 집을 완성해 조명을 켜자 환한 불빛 아래 여기저기 남아 있는 본드 자국도, 울고 있는 벽지도 훤히 드러났다. 시간이 지나며 먼지도 쌓여서, 다음 작품을 만들 의욕이 점점 줄어들고 있다.

그다음 방학엔 그림을 그렸다. 이미 밑그림이 그려진 캔 버스에 번호가 적혀 있는데 그 번호에 맞는 색깔의 물감만 칠하면 아주 그럴듯한 명화가 완성됐다. 밤마다 거실 탁자 앞에 자리를 잡고 궁금했던 드라마 한 편을 틀어놓고 귀로 들으면서, 손으로는 계속 색을 칠했다. 그렇게 몇 시간을 앉아 있다가 일어나보니, 발목 앞쪽에 무슨 알 같은 게 튀어나왔다. 병원에 가보니 발목 관절을 둘러싼 관절액이 바깥으로 새어나와서 물혹이 생겼단다. 물혹이 한 번 생기면 쉽게 재발하니 조심하라는 의사 선생님의 조언대로 그 재미난 취미도 시작하자마자 끝났다.

그다음 방학엔 가죽가방을 만드는 취미를 가져볼까 해서 가죽 공방도 갔다. 가죽을 자르고, 붙이고, 두드리고, 사용하는 장비도 정말 다양해서 너무 멋진 취미다 싶었는데 문제는 끝도 없는 바느질이었다. 작은 크로스백 하나를 만드는데 등짝이 끊어질 것 같았다. 사고 때 생긴 척추의 압박골절 부위 통증을 참아가며 몇 시간 동안 가방을 만들고 나니, 가방은 만드는 게 아니라 돈 주고 사는 것이구나 깨달았다.

취미생활 방랑자로 이것저것 조금 해보다 끝내왔지만 그래도 꾸준히 즐기는 취미도 있다. 커피는 마시기도 만들기도 좋아해서 바리스타 수업도 들었다. 생두를 사서 집에서 연기를 풀풀 내면서 직접 로스팅까지 한다. 생두를 내 마음에 드는 색이 날 때까지 볶아서 한 김 식혔다가, 이틀 뒤쯤 제대로 곱게 갈아서 에스프레소로 내려 마시면 그 맛이 그럴듯하다.

내가 만든 음식을 좋아하는 사람들과 나누어 먹는 것도 아직 사그라들지 않은 즐거운 취미다. 보스턴에서 대학원생 기숙사 아파트에서 혼자 살 때부터 요리를 시작했다. 보스턴에는 한식당도 몇 군데 없었고, 그나마도 비쌌다. 그러다보니 '직접 만들어볼까?' 싶어 실행에 옮겼다. 보스턴 온누리교회 청년부 사람들을 좁은 원룸(침대와 부엌이 한 공간에 있는 진짜 원룸이었다)에 초대해 인터넷 레시피를 보고 따라 만든 요리를 함께 먹었다. 혼자 먹을 음식을 준비하는 것보다 여럿이 나누어 먹을 음식을 만드니 훨씬 즐거웠다. 나중에 하숙집 차리면 적성에 잘 맞겠다 싶을 정도였다.

점점 할 줄 아는 요리는 다양해졌고, 손도 커졌고, (돈은 좀 들었지만) 즐거움은 더 커졌다. 결국엔 보스턴 생활 3년 차 때는 바이올린을 전공하는 룸메이트 조혜운 언니가 리

사이틀을 할 때면 따로 케이터링 주문을 하지 말라고 하고 내가 갖가지 음식을 준비해서 출장 뷔페 비슷하게 차리기까지 했다. 그뒤로 유학 시절 이렇게 음식을 해서 친구들과 함께 먹은 기억이 참 좋은 추억으로 남아 있다.

매주 토요일 저녁이면 오빠네가 부모님 집에 온다. 한국에 돌아와서는 매주 그날 저녁 '밥 맡은 관원장'이 되었다. (관원장은 성경에 나오는 관료직함인데 떡 굽는 관원장, 술 맡은 관원장이 있다.) 엄마는 주중에 항상 "밥 맡은 관원장, 이번 토요일에는 뭘 먹나?" 하며 무슨 재료가 필요한지 물으신다. 재료 준비도, 밑손질도 거의 엄마가 다 하지만, 40년 넘게 가족들의 식사를 맡아온 엄마는 적어도 그날 하루는 '오늘은 뭘 먹지' 하는 고민을 내려놓을 수 있어서 기쁘시단다. 나에겐 토요일 저녁 메뉴를 뭘로 할까 고민하는 시간부터 장을 보고 음식을 만들고, 사랑하는 가족들이 "음, 맛있다" 하는 소리를 듣는 시간이 가장 즐겁다. 아직도 '무슨 새로운 취미가 없을까' 하며 기웃기웃하는 취미 노마드이지만, 토요일의 밥 맡은 관원장이라는 취미는 계속 즐길 것 같다.

/ 2부 /

작은 일을 하는 사람

보스턴
라이프

》

2005년 여름, 보스턴에서 대학원생으로 새로운 걸음을 떼기 위해 트렁크 두 개와 이민 가방 두 개, 기내용 가방 두 개를 가지고 보스턴 로건 국제공항에 도착했다.

보스턴 생활은 시작부터 큰 선물과 함께였다. 몇 해 전, 캐나다 토론토와 밴쿠버에서 코스타(해외 한인 유학생들을 위한 수련회)에 강사로 참여했는데, 몇몇 강사들이 캐나다 중부의 에드먼턴이라는 도시에 가서 미니 코스타를 또 진행할 예정이라고 얘기했다. 그런데 그 도시에 계신 어떤 분께서 나도 꼭 와주었으면 하신다며 같이 가자고 제안하길래 결국 일정을 변경해 에드먼턴으로 날아갔다. 간증을 마친 뒤 나를 불러주신 그분 댁에 가서 하룻밤을 묵었다. 이야기를 나누어보니 순수한 열정을 가진, 예사롭지 않은 분이셨다. 곧 보스턴에 위치한 하버드대학교 연구소로 떠나신다고 했다. 그때만 해도 그렇게 짧은 인연으로 끝나는 줄 알았다.

그후 2년 뒤, 보스턴대에 합격하자 엄마는 그분께 연락해보라고 하셨지만 내가 워낙 그런 걸 못하는 성격이라서 미적거리고 있었다. 그러던 차에 그분이 인터넷에서 내 소식을 보시고 먼저 연락해주셨다. 그사이 그분은 연세대학교 스포츠응용산업학과 교수님이 되셨고, 아직 가족들은 보스턴에 남아 있는데 곧 정리하고 귀국할 예정이라 여름에 보스턴에 가시는데 그 김에 내게 맞는 집이 있는지 알아봐주신다고 했다. 보스턴으로 떠날 날은 가까워지는데 아무 대책도 없이 손놓고 있던 내게 어느 날 그 교수님의 전화가 걸려왔다. 교수님은 부담 갖지 말고 들으라며 몇 번이나 강조하시더니 본인 집이 팔리지 않아서 렌트를 줄까 했는데, 아는 분이 보스턴 칼리지에서 간호학 박사과정을 밟게 됐다면서 혹시 둘이 여기서 같이 살아보면 어떻겠느냐고 제안하셨다.

나는 거실에 소파도 놓을 수 있고, 주차 공간도 있는데 심지어 월세도 저렴한 집, 사실상 아주 비현실적인 집을 찾겠다고 기도했었고, 엄마는 긴 유학생활에 내가 혼자 살기보다는 믿음 좋고 나이가 좀 차이나는 언니랑 룸메이트 하며 지냈으면 좋겠다고 기도하셨는데 우리 둘의 기도가 딱 들어맞는 제안이었다. 집주인이신 전용관 교수님은 무려 방이 세 개나 있는 큰 집을 빌려주면서 렌트비도 깎아주셨고, 룸메이트가 된 김상희 언니 덕에 내 몫의 월세가 또다시 줄어들었다. 그간 보스턴 집값이 비싸다는 얘기를 워낙 많이 들었던 터라, 시애틀에서 어학연수하면서 원룸 월세 살 때보다 50퍼센트는 더 필요하겠구나 막연히 예상했는데, 정확히 시애틀 시절과 같은 금액으로 맞추어졌다.

찜해뒀던 학교에 입학하게 된 것도, 교내 장학금까지 받으며 유학을 오게 된 것도 너무나 큰 선물인데, 2년 전 스쳐지나며 끝났을지 모를 만남 덕분에 유학생에게는 너무나 과분한, 럭셔리한 집을 선물로 받았다. 게다가 전교수님 가족분들이 가구와 전자제품, 쌀과 양념까지 모두 다 남겨두고 귀국하셔서 개인 짐만 들고 가면 됐다. 이후 1년 동안 마음 따뜻한 상희 언니와 하우스메이트로 지낸 덕에 캄캄한 집에 혼자 들어오지 않을 수 있었고, 혼자 밥 먹지 않아도 됐다. 심지어 때마다 주부9단 상희 언니가 만든 맛난 음식을 함께 먹으며 오늘도 바깥에서 얼마나 엉망이었는지 얘기하면서 따뜻한 위로를 매일 선물로 받았다. (언니는 박사과정을 마치고 연세대 간호학과 교수가 되었고 이 길을 먼저 밟은 선배 교수로서 지금도 나를 위로해주신다.)

2005년 9월 6일! 드디어 대학원 첫 학기가 시작되었다. 그해 보스턴대학교 재활상담전공 석사과정에 입학한 사람은 나를 포함해서 네 명! 오리엔테이션에 인사하러 오신 교수님들이 여섯 분! '교수 대 학생 비율이 너무 과한 것은 아닌가…… 좀 부담스럽다' 하던 차에 산타 할아버지 수염을 가진 학과장 오르토 교수님이 환영 인사를 하셨다. 교수님들을 간단히 소개해주시고, 앞으로 일정을 안내해주셨다. 처음에는 '오! 작년보다 잘 들리는데~ 그사이 영어가 좀 늘었나봐~' 하며 좋아했지만 이내 완전히 맥락을 놓치고 눈치만 살폈다. 교수님께서 자꾸 나를 보며 얘기하셔서 고개만 끄덕이다가 오리엔테이션이 끝났다. 인턴십에 관한 설명을 들으러 다른 강의실로 이동하는 동안 오르토 교수님이 내게 오셔서 어떠냐고 물으셨다. 그냥 좀 많이 긴장된다고, "저만 인터내셔널 스튜던트잖아요"(나머지는 모두 영어가 자유자재인 미쿡인!)라고 답했더니 "새로 시작하니까 다들 긴장될 거야. 이제 차츰차츰 익숙해질 거고 하나씩 배워가면 돼"라고 위로해주셨다. 왈칵 눈물이 날 뻔했다.

저녁엔 모든 재학생이 모이는 리셉션 행사가 이어졌다. 우리나라로 치면 신입생 환영회였는데 정해진 행사 순서도 없이, 자기 자리도 없이 이곳저곳 돌아다니며 이 사람 저 사람과 얘기하는, 미국 영화에서나 보던 장면 속에 내가 서 있었다. 친한 사람 하나 없이 거기에 서 있자니 '꾸어다놓은 보릿자루라는 게 바로 이거구나' 싶었다. 나를 포함한 네 명의 신입생 보릿자루들은 구석도 중앙도 아닌 어딘가에 어색하게 나란히 서 있었다. 눈알만 굴리며 진짜 친한 사이인 건지 친한 척하는 건지 알 수 없는 사람들이 서로 떠들고 웃는 모습을 부러운 눈빛으로(?) 쳐다보았다. 어떻게든 어색함을 이겨내려고 옆에 서 있던 또다른 보릿자루인 동기에게 말을 걸어보았다. 워낙 시끄러워서 내 작은 목소리가 자꾸 묻혔다. 게다가 계속 이 문장이 맞나 틀리나 고민하면서 우물쭈물 말하자 그 친구가 눈치껏 알아서 대답해주었다. 쾌활하게 대답해주는 내용을 잘 들어보니, 질문한 내용과 다른 얘기를 했지만 순서가 좀 바뀌었을 뿐 어차피 궁금하던 얘기를 하길래 잘됐다면서 그 어색한 시간을 버텼다.

곧 본격적으로 수업이 시작되었다. 강의실 이곳저곳을 돌아다니면서 열심히 강의하시는 교수님을 따라가다보니 점점 정신이 혼미해졌다. 연륜 있는 교수님이실수록 파워포인트 같은 시각 자료를 쓰지 않으셨다. 이쪽 이야기구나 싶다가 갑자기 저쪽 얘기를 하면 도무지 책의 어느 부분을 말하는 건지 나 같은 외국인은 그저 길을 잃을 뿐이었다. 분명 소리는 들리지만 알아듣지는 못하는 말들이 떠다녔고, 어떻게 눈치로라도 끼워맞춰보려고 애쓰며, 매 수업 시간 머리에 쥐가 난다는 말이 실감나는 나날이었다. 쉬는 시간이면 차가운 커피로 카페인을 수혈하며 잠깐이라도 한국 사람에게 전화를 걸어 한국어를 긴급 수혈하기도 했다. 다른 학생들 얘기를 들어보면 그들이라고 솔직히 그렇게 엄청나게 똑똑한 것 같지도 않았지만 그 속에서 입도 못 떼고 고개만 끄덕이며 가만히 앉아 있자니 정말 자존심이 상했다. 여기가 한국이라면 나도 쟤들처럼 질문도 하고 교수님 말에 의견도 낼 텐데…… 그러다가 어느 날 용기를 내어 한마디 시작했다가 이내 버벅거리는 내 모습이 부끄러워 '난 너희가 생각하는 것처럼 바보가 아니야!' 하고 소리치고 강의실을 뛰쳐나가고 싶었다.

그즈음, 미국생활중인 지인의 다섯 살짜리 딸 이야기를 듣게 되었다. 아이가 집에서 내내 한국말 쓰다가 처음으로 유치원에 갔는데 미국인 애들이랑 말이 안 통하니까 답답해서 화가 났던 모양이었다. 그래서 도통 못 알아듣는 말(영어)만 하는 애들 입을 쥐어뜯어서 상처를 내고 왔단다. 그 얘기를 듣는데 어찌나 공감이 되던지 '네 맘이 내 맘이여' 하고 다섯 살 아이를 붙잡고 한바탕 울 뻔했다.

첫 학기는 수업을 따라가기도 벅찼다. 수업 전에 읽어갈 교과서와 논문 분량이 어마어마했는데 사전을 찾아가며 다 읽어가도 세 시간 수업 중 절반쯤 지나면 교수님은 전혀 새로운 내용을 이야기하셨다. 처음 한 시간 반 동안은 '알아! 나 다 알아! 이거 할 만한데!' 이러면서 듣다가도 나머지 반은 늘 좌절이었다. 미국 법, 행정 체계나 정치인 이름 등등 미국인에게는 상식 수준의 내용들이 나한테는 너무 생소해서 '어라? 이건 뭐지?' 하며 몹시 당황했지만 계속 알아듣는 척 표정은 쭉 유지. 갑자기 남들이 웃으면 솔직히 왜 웃는지도 모르면서 따라 웃기. '아니 이럴 거면 연극영화과로 전공을 바꾸던지!' 싶을 정도로 수업중에 계속 연기를 했다. 그렇게 수업이 끝나면 땅속으로 꺼질 듯이 정말 피곤했다. 어느 날 뉴욕에서 영문학 박사과정중인 중학교 때 친구 류지영이 전화로 나를 위로해주었다. "나도 그랬어. 우리 속사정 모르는 사람들은 '네가 가고 싶어서 유학 가서 하고 싶은 공부하면서 뭐 그렇게 죽는소리야' 하겠지만, 사실 힘들어. 그치?" 결국 내가 힘내는 수밖에 없었다. 힘든 하루를 마친 서로의 어깨를 토닥여주는 동지 덕분에 그렇게 또 하루씩 지나왔다.

그래도
시작

≫

　보스턴대 재활상담학 석사과정은 재활상담사를 길러내
는 과정이었기에 수업을 들으면서 장애인을 대상으로 하
는 재활상담 기관에서 일주일에 열여섯 시간 동안 인턴 실
습을 해야 했다. 1년간 대학원 입학 준비를 하면서 시애틀
에서 살아봤지만 보스턴 사람들은 시애틀 사람들과는 달
랐다. 말하는 속도도 빨랐고, 미국에서 가장 오래된 도시에
산다는 자부심도 있었다. 하버드대와 MIT를 포함한 명문
대가 많은 지역이라 젊은 인구가 대다수를 차지했다. 학생
이 넘쳐나는 그런 도시에서 미국에 온 지 겨우 1년 남짓인,
어리바리한 외국인 학생을 인턴 상담사로 수련시켜주겠다

는 상담 기관을 찾기란 여간 어려운 일이 아니었다.

처음에는 순진하게도 '교수님이 소개해주신 실습 기관이니까 떨어지는 일은 당연히 없겠지'라고 생각했는데 실습 기관에서는 꽤 까다로운 면접을 거쳐 실습생을 선발했다. 멋모르고 처음 면접을 보러 가는 길은 날씨도 참 좋았다. 여행자처럼 사진도 찍고 일찍 도착해서 카페테라스 자리에 앉아 아이스티를 마시며 '아, 이게 미국생활이구나' 하면서 기분좋게 실습 기관에 들어갔는데 그곳은 삶의 현장이었다. 나는 더이상 관광객도, 어학연수생도 아니었다. 잠시 알아듣는 척하며 넘어갈 수도, 이곳을 잘 아는 누군가에게 기댈 수도 없는, 이제 오롯이 나 스스로 살아내야 하는 현장이었다. 언론 인터뷰는 정말 많이 해봤지만, 내 대답으로 거취가 결정되는 '면접'은 대학 입학 면접 이후 처음이었다. 그것도 영어 면접이었다. 질문에 지혜롭게 대답해야 했고, 나를 그럴듯하게 포장할 줄도 알아야 했다. 겸손이 미덕인 한국에서 자란 나는 뭔가 있는 척하기가 정말 어려웠다. 심지어 있는 장점도 깎아내리기 일쑤였다. 교수님께서 한국에서 책도 출판한 작가라며 나를 추천했다고 면접관이 이야기하는데 한국인답게 "아휴, 별거 아니에

요"라고 대답했다. 우리 입장에서야 '어머! 겸손하기까지'라고 생각할 수도 있지만 미국에서는 내가 말한 대로 '진짜 별거 아니구나'라고 받아들인다는 사실을 그때 처음 알았다. 더군다나 면접관이 나의 대답을 계속 메모하니까 더 긴장되었다. 일주일에 열여섯 시간을 무슨 요일, 몇시에 채울 것인지 아주 구체적인 일정을 확인하길래 그래도 붙여주려나보다 기대했는데 면접을 마무리할 무렵 다른 자리도 알아보고 있느냐고 나에게 물었다. 그러고는 "우리가 좋은 곳이긴 하지만 다른 데도 알아보면서 어디가 잘 맞는지 비교도 하고, 더 알아보면 좋지" 하면서 그 기관의 브로슈어랑 기념품을 주며 인사를 하는데 어째 그 '바이'가 '영원히 안녕' 하는 느낌이었다. 결국 그곳에서는 인턴십 자리를 주지 않았다.

학기가 시작하고 2주일이 지나자 동기들은 인턴십 자리가 정해져 실습을 시작했는데, 나는 면접 기회를 갖기도 어려웠다. 아무리 실습생이어도 하나부터 열까지 다 가르쳐야 하는 외국인을 인턴으로 받아서 클라이언트를 직접 만나게 하는 위험 부담을 감수하겠다는 실습 기관은 드물었다. 경험을 쌓으려고 인턴 자리를 찾는데 '우린 조금 더 경험이 있는 사람을 원한다'고 거절하면 나 같은 무경력자는 대체 어디서 그 경험을 쌓느냐고요!

또다른 곳에서도 거절당하자 '난 아직 준비가 덜된 것 같아' 하고 완전 낙심 모드로 빠져들었다. 막 울음이 터질 것 같은 심정으로 엄마에게 전화를 걸었다. 엄마는 제대로 시작도 못한 나에게서 기어코 칭찬거리를 찾아냈고, 내가 낙심해서 보지 못한 것, 미처 생각하지 못한 감삿거리들을 떠올리게 해주셨다. 엄마의 말에 힘이 났다. '이래서 상담이 필요하구나' 싶었다.

'어려워, 어려워. 난 못 할 거야' 하고 무서워하고 겁내기보다는 매일 조금씩 그냥 한 걸음씩 옮겨보기로 결심했다. 화상 환자로 사는 게 이렇게 무서운 일인지 몰랐기 때문에 중환자실 생활을 하루하루, 아니 일 분 일 초씩 견뎠듯이 다시 버텨보기로 했다. 그때는 이렇게 건강해지는 좋은 날이 온다는 보장도 없었는데 믿음으로 하루하루 버티고 이겨냈다. 그때에 비하면 적어도 지금 걷는 이 길은 계속 가면 석사학위를 받는다는 보장도 있다. 영어도 잘하고, 아는 것도 많고, 성격도 대범해서 지금보다는 폼나게 시작했다면 좋았겠지만, '시작했다'는 것에 우선 의미를 두기로 했다. 실상은 모든 일이 처음이라 두려움은 가득하고, 실수 연발에 늘 시행착오를 겪느라 정말 바보같이 느껴질 때가 많은데다 수업 시간에 눈만 끔뻑끔뻑하는 일도 정말 자존심 상하지만, 이런 시작도 시작이라고 생각하기로 했다. 준비된 멋진 시작은 아니지만, 그래도 시작은 했다. 하루종일 어리바리, 허덕이다가 저녁이면 하루 동안의 긴장과 스트레스가 풀려 너덜너덜해지지만 다치고 나서 혼자서는 아무것도 못하게 되었던 스물세 살, 스무 살은 떼고 세 살이라고 생각하며 살았던 그때처럼, 유치원을 떠나 처음 공식적인 사회에 발을 뗀 초등학교 1학년생의 마음으로 그렇게 시작했다.

그후 어렵사리 구한 기관에서 인턴십을 시작했다. 일주일에 사흘은 실습 기관에 가서 배우고, 저녁 시간이나 실습 없는 날에는 강의 듣고 수업 준비하고, 과제를 하며 살아가는 나날이었다. 원래 야행성이었지만 고단해서 나도 모르게 까무룩 잠드는 날도 많아졌다. 상담 실습 수업중에 동기와 상담 연습을 하면서 내 상황을 얘기하다가 눈물이 터져서 쉬는 시간에 화장실에서 운 적도 여러 번이었다. 꿈에도 소원은 영어 잘하기라서 혼자 부흥회 하면서 눈물 줄줄 흘리며 나 좀 살려달라고 기도하는 꿈도 여러 번 꾸었다. 그러다 어느 날은 조금씩 더 알아들을 수 있어서 기분이 반짝반짝 좋았다. 유학생활 선배가 수업 시간 동안은 조용히 있더라도 나오기 전에 교수님께 질문을 하나라도 하면서 '나 이래 봬도 열심히 하려는 학생이예요' 어필하라고 조언해줘서 그 말대로 수업 내내 질문거리를 생각해두었다가 다른 학생들이 다 나간 다음에 교수님께 조용히 다가가 여쭙기도 했다. 앞으로 이런 날이 조금씩 많아지리라 기대하면서. 그렇게 멈추지 않고 걸음을 이어갔다. 뚜벅뚜벅.

그냥 거기
있어주기

»

겨우겨우 찾은 상담 기관은 주로 정신장애를 가진 분들의 직업재활을 돕는 곳이었다. 일주일에 사흘을 출근해서 상담사들이 상담하는 모습을 옆에서 관찰하며 일지를 썼다. 시간이 좀 흐르고 신규 내담자의 신청서를 받는 인테이크 상담도 해보고, 내담자도 상담하며 어렵게 수련 시간을 채워갔다.

미국 문화도, 언어도 낯선데 직장인들 사이에서 인턴으로 생활하기란 정말 쉽지 않았다. 앉아야 할지 서야 할지, 문을 닫아야 할지 열어놓아야 할지, 그곳에서 무엇을 해야 하는지를 알아차리는 일도 어렵기만 했다. 잔뜩 신경을 곤

두세우고 긴장해도 '여긴 어디? 나는 누구?' 이러면서 뭐가 뭔지 모를 당황스러운 일을 날마다 겪었다.

그러던 어느 가을 학기, 나를 수련시켜주는 수퍼바이저와 사소한 일로 작은 오해가 생겼다. 수퍼바이저가 다그치자 완전 얼어붙어서 조리 있게 설명을 못 하고 우물쭈물 변명만 늘어놓고 말았다. 그날 인턴십 일정이 끝나자마자 인턴십을 담당하는 오르토 교수님께 도움을 요청하러 학교로 향했다. 억울하기도 했고, 제대로 해명도 못 한 내가 너무 한심해서 마음이 잔뜩 상해 있었다. 아주 무거운 발걸음으로 오르토 교수님 연구실로 들어갔다.

책장에 더이상 꽂을 자리가 없어서 이곳저곳에 책이 잔뜩 쌓인 너저분하고 비좁은 공간이었지만, 연구실 주인의 분위기를 닮아서일까…… 이상하리만치 따뜻하고 포근한 공간이었다. 그곳에서 오르토 교수님과 마주앉았다. 교수님은 몸을 내 쪽으로 돌려 앉아 조금 부담스러울 정도로 상체를 내 쪽으로 가까이 기울이셨다. 어디서부터 말해야 할지 몰라서 더듬더듬 말을 꺼내는 내게 시종일관 시선을 맞추셨다. 솔직히 처음에는 그 가까운 거리에서 그 큰 눈을 별로 깜빡이지도 않으면서 나를 응시하시는 교수님이 무척이나 부담스럽기도 하고 어른과 계속 시선을 맞추는 게 어려워 피하고 싶기도 했다. 숨막히는 어색함을 견디며 '이렇게까지 오랫동안 마주본다고?' 싶을 정도로 교수님과 길게 눈을 맞추자 이상하게 말을 제대로 시작도 안 했는데 눈물이 났다.

교수님은 몸의 방향, 기울기, 시선과 표정으로 '지금 내가 너의 이야기를 듣고 있어'라는 메시지를 온몸으로 전달했다. 중간에 말을 끊거나 질문하지도 않았다. 그저 고개를 끄덕이며 "그래, 그랬구나" 하고 짧지만 강렬하게 긍정하는 반응만 보이셨다. 온전히 내 이야기를 들어주는 내 편이 생겼다는 마음에서였을까…… 수퍼바이저 앞에선 나오지 않았던 말들이 교수님 앞에서는 술술 나왔다. 그때의 상황과 내 마음, 생각을 영어로 거침없이 말할 수 있었다. 수십 년 동안 상담자로, 선생님으로 살아온 교수님께서 온몸으로 진정한 공감을 표현해주신 덕에 그 좁은 연구실에서 짧은 시간 동안 내 마음을, 내 감정을 다 쏟아낼 수 있었다.

교수님은 내 이야기를 다 들은 뒤에도 대신 나서서 문제를 해결해주겠다고 약속하지도, 이렇다 할 해결책을 말해주지도 않았다. 아니, 교수님은 말할 필요가 없었다. 누군가에게 완전히 이해받고 나니 신기하게도 다 때려치우고 싶은 마음을 주섬주섬 주워 담아 다시 도전해볼 용기가 생겼다.

아무 말 하지 않고 그냥 거기 있어주기. 듣기만 하는 것이 무슨 상담이 될까 싶었지만 직접 경험해보니 놀라웠다. 사실 누군가가 고민이나 걱정을 털어놓을 때 아무 말 하지 않고 가만히 듣기가 쉽지 않다. 뭐라도 돕고 싶은 마음에 머리를 굴려 이러저러한 해결책을 알려주고 싶은 욕구도 억누르기 정말 어렵다. 어디선가 들은 말을 어서 빨리 떠올려 위로해주어야 할 것 같다는 의무감이 들기도 한다. 그러나 마음을 조심스레 열고 속내를 털어놓는 사람에게 무엇보다 필요한 것은 그의 이야기를 가만히 들어주는 귀, 그리고 '나는 네 편이야' 하는 눈빛이다.

때론 "나도 그런 적이 있어"라고 말해주면 공감과 위로가 될 것 같지만 섣불리 그렇게 말하면 오히려 상대의 마음이 닫힌다. 나 역시 화상을 크게 입었지만 화상 환자를 다 이해한다고 단언할 수 없다. 똑같은 화상 환자여도 화상 입은 부위가 다르고, 처한 상황이 다르다. 대화를 나누며 공통점을 찾으면 미루어 짐작 가능한 부분도 있겠지만, 우리네 인생은 사람 수만큼이나 제각각이며, 우리 지문이 각각 독특하고 유일한 것처럼 인생에서 경험하는 일과 생각과 감정도 각각 다르다는 사실을 잊어서는 안 된다. 그래서 섣부르게 "나도 겪어봐서 안다"는 말을 건넸다가 괴로움에 빠진 상대가 '당신이 지금 내 상황을 다 알아?' 하고 마음의 가시가 뾰족 튀어나올 수도 있다.

 "그래도 그건 네가 잘못했네, 그땐 이렇게 했어야지" 하고 책망하는 말도 금물이다. 그러는 순간 상대의 마음도 닫히고, 다치고, 상대의 입도 닫힌다. 가까운 사이일수록 이런 말이 먼저 툭 튀어나오기 쉽다. 상대를 아끼기에 그 사람이 잘 행동했더라면 하고 안타까워서 그럴 수도, 이 기회를 놓치지 않고 가르쳐주고 싶어서 급한 마음에 그럴 수도 있다. 그러나 무엇이 잘못되었는지는 본인이 가장 먼저 깨달았을 테니 굳이 다시 꺼내 찌를 필요 없다. 한 수 가르쳐주고 싶다는 어리석은 욕심, '내가 너보다 더 잘 알지' 하는 얄팍한 교만함을 버리고 잠시라도 아무 말 없이 마음을 다해 온전히 그의 편이 되어보자. 당신 앞에 앉은 사람은 있는 그대로의 자신을 이해해줄 누군가가 필요할 뿐이다.

　마음 답답한 누군가의 이야기를 들을 때, 마주앉아서 몸을 조금 기울여 약간은 부담스러울만치 눈을 맞추며 그냥 그 자리에 있어주자. 가만히 들어만 줘도 대신 나서서 일을 해결해줄 때보다 더 큰 도움이 되기도 한다. 누군가가 내 마음을 온전히 알아주고 받아들여줬다고 느낀 사람에겐 이제 스스로 문제를 해결할 힘이 생기기 때문이다.

뉴욕의 삶은
화려할 줄 알았지

》

　보스턴대에서 재활상담학 석사과정을 마치고 뉴욕으로
자리를 옮겨 컬럼비아대에서 사회복지학 석사과정에 입학
했다. 바로 사회복지학 박사과정을 밟고 싶었지만, 재활상
담학 석사학위로는 부족했는지 박사과정생으로 나를 받아
주는 곳이 없었다. 그래서 미국 최초의 사회복지대학인 컬
럼비아대에서 석사과정을 다시 시작했다. 미국의 사회복
지대학원은 전문적인 사회복지사 양성을 목표로 실용적
인 프로그램으로 짜여 있어서 입학 후 또다시 주경야독 생
활로 돌입했다. 일주일 중 이틀은 온종일 학생으로 학교에
가서 수업을 들었고, 사흘은 배정된 실습 기관에서 사회복

지사 실습생으로 생활했다.

첫 학기에는 시각장애인들을 위한 국제 기관에서 임상 상담을 하는 부서에서 일했다. 뉴욕 맨해튼에서 가장 화려한 상점과 백화점이 즐비한 5번가 근처에 위치한 기관은 규모도 컸고 하는 일도 다양했다. 덕분에 바쁘게 살아가는 뉴요커들 사이에서 출퇴근도 해봤다. 내담자가 시각장애인이었기 때문에 상담하며 배우는 것이 많았다. 그런데 안타깝게도 그 기관이 재정적인 문제로 맨해튼 건물의 문을 닫아서 학기말에 새로운 실습 기관으로 옮겨졌다.

새롭게 배정받은 기관은 뉴욕시에서 가장 암울한(?) 지역인 브롱크스에 있었다. 사람들이 많이 타지 않는 지하철 노선을 타고 종점 즈음에 내리면 '여긴 좀 위험한 곳'이라는 느낌이 확 들었다. 벽마다 그라피티가 즐비하고, 문을 연 상점도 별로 없는데다가 작은 상점에도 철재 방범망이 다 설치돼 있었다. 길을 걷다가 코너를 돌면 노숙인인지 동네 주민인지 알 수 없는 사람들이 길가에, 벤치에 누운 듯 앉아 있었다. 혹여라도 그들이 말을 걸까봐 조마조마해하며 갈 길을 재촉해야 했다. 새 기관은 홈리스나 정신장애, 약물 중독 등 어려움을 겪는 사람들에게 거주 공간을 제공하고, 낮에는 사회복지사들이 클라이언트를 개별 면담하고 사례 관리를 진행하는 곳이었다. 다른 학생들은 1년 동안 한 기관에서만 일하는데, 나는 다양한 대상자를 만나고 생활 시설에서도 일해본다는 점에서 내게 유익하다고 마음을 다잡았다. 그러나 한 주가 지나면서 실습기관을 옮기고 싶다는 생각이 점점 강해졌다. 그래서 교내 인턴십 배정 담당자에게 다른 기관으로 옮겨달라고 말하려 했지만 아무리 그럴듯한 이유를 대보려 애써도 진실은 하나라는 결론에 이르렀다.

기관을 옮기고 싶은 가장 솔직한 이유는 그 기관에서 나는 냄새 때문이었다. 오랫동안 안 씻은 사람에게서 나는 냄새와 오래된 건물을 청소하면서 쓰는 싸구려 소독제 향이 오묘하게 섞여 아주 독특한 냄새가 났다. 기관 문을 열자마자 코끝을 찌르는 그 냄새를 맡으며 사람들을 만나고 일을 하고 또 점심을 먹어야 했다. 싫었다. 아주 단순하고 원초적인 이유였다. (나중에 영화 〈기생충〉을 보면서 이때의 일이 떠올랐다.) 한 학기 동안 여길 어떻게 다니나, 뭐라고 하면서 바꿔달라고 말할까 고민하던 중 크리스마스가 다가왔다. 그리고 크리스마스 때 생각해야 할 한 분, 예수님을 떠올렸다. 그분은 병원도, 사람이 사는 방도 아닌 마구간에서 태어났고, 또 보드라운 이불 위도 따스한 방도 아닌 말구유에 처음 뉘었다. 그리고 실습 기관 덕분에 그동안 한 번도 생각해본 적 없었던 의문이 떠올랐다. '그가 태어나 처음 맡은 냄새는 어땠을까?'

'내가 뉴욕까지 와서 공부하는데 이렇게 후미진 곳에 와서 이런 냄새를 맡아가며 실습을 해야 하나……' 하던 고민은 그렇게 끝났다. 가장 낮고 낮은 곳, 동물의 배설물 냄새가 가득한 곳으로 찾아온 아기 예수, 평생토록 예루살렘 같은 크고 화려한 도시가 아니라 아프고 가난한 사람들이 모여 살던 곳을 즐겨 찾고, 사람들이 만나기 꺼리고 가까이하지 않던 이들과 음식을 먹고 친구가 되어주신 예수님이 내 고민의 답이 되었다. 세상이 돌아보지 않는 이들과 손잡고 싶어서 사회복지학 공부를 시작했는데, 그들이 사는 곳에서 나는 냄새를 견디지 못하면 대체 이 공부가 무슨 의미일까 싶었다. 그렇게 한 학기 동안 그곳의 냄새에 익숙해지고 거기서 점심 도시락도 맛있게 먹으면서 그들의 삶에 대해 배웠다.

석사 2년차부터는 박사과정에 입학하기 위한 준비까지

더해졌다. 세계에서 모여든 뉴욕 관광객들을 부러워라 구경하면서 강의실과 실습 기관, 도서관을 다녔다. '진짜 이런 단어를 쓰기는 하는 거야' 싶은 단어들로만 만들어진 GRE 시험(미국의 대학원 입학 자격 시험)을 준비했고, '박사과정에 들어가면 이런 연구를 하고 나중에 이런 사람이 되고 싶습니다' 하고 아주 멋진 포부를 담은 학업계획서와 자기소개서를 준비했다. 날마다 너덜너덜 쓰러질 듯 캄캄한 집으로 돌아와 불을 켜고 밥을 해서 먹었고, 아무것도 더 할 수 없을 만큼 기운이 다 소진되어 누우면 잠에 바로 빠져들 것 같았지만 오히려 너무 피곤해서 잠들지 못하는 밤도 계속 되었다. 2008년 글로벌 금융 위기 때문에 환율이 치솟아 그 어느 때보다 쪼그라든 유학생활이었지만, 동굴같이 어두웠던 112가의 작은 원룸을 찾아와 나를 깨워주던 에스더가 있었고, 종종 루미큐브를 하며 공부 스트레스를 날려준 윤재가 있었고, 아주 가끔은 관광이나 출장을 온 지인들을 만나 콧바람도 쐴 수 있어서 그때를 견뎌냈다.

그렇게 열심히 살았던 시간은 석사과정 무사 졸업과 UCLA 사회복지학 박사과정 합격 소식으로 돌아왔다.

엘에이
쭈그리 박사

》

UCLA 사회복지학 박사과정 동기는 모두 여덟 명이었다. 첫 1년 동안은 대부분 필수 수강 과목이어서 동기들과 모두 같이 수업을 들었다. 혼자 연구를 진행할 수 있는 연구자를 키우기 위한 박사과정 수업은 가만히 앉아서 교수님의 강의를 듣는 방식이 아니었다. 일주일 동안 교수님이 내주신 자료를 읽고, 스스로 공부한 다음 교수님께 질문하고, 서로의 의견에 피드백을 주고받는 세미나 방식으로 진행되었다. 수업을 통해서 관심 있는 연구 주제에 대한 선행 연구를 정리하고, 자신만의 연구 질문을 만들어가면서 연구 방법도 배우고, 연구 계획도 세우며 연구의 기초를 다지는 게 1년차들의 목표였다. 여덟 명 중 누가누가 잘하나 아무도 등수를 매기지 않았지만, 누가 봐도 단연 꼴찌는 나였다. 수업마다 나로서는 정말 힘들게 결과물을 만들어 내놓았지만 동기들에 비하면 초라하기 짝이 없었다. (게다가 나는 여전히 미국인 친구들처럼 별것 아닌 것도 굉장하게 보이도록 유난 떨며 포장도 잘 못했다.) 점점 활기차게 토론도 하고 다른 동기들 논문에 똑똑하게 평가도 해주면서 성장해가는 동기들을 보며 내 어깨는 점점 쪼그라들었다. 나는 내 과제하기에도 허덕이는 처지라 동기들에게 늘 허접한 피드백을 줄 수밖에 없어서 늘 미안했다.

연구 때문에 교수님과 개인 면담을 하면, 교수님 말씀에 '척하면 척'까지는 아니더라도 가끔은 맞장구도 치고 싶은데, 교수님의 피드백을 듣고 거들다가 '앗, 이게 아니었군!' 깨닫고 말끝을 얼버무리는 일이 빈번했다. 미소도 무엇도 아닌 교수님 표정에서 스승의 인내를 느끼며 또다시 어깨가 쪼그라들었다. 그렇게 나는 박사과정 동안 자칭 '엘에이 쭈그리'로 살았다.

학교마다 조금씩 다르지만, 박사과정중 필수로 들어야 하는 강의를 모두 수강하면(이때를 코스웍coursework이 끝났다고 말한다), 박사학위 논문을 쓸 자격을 얻는 데 필요한 첫번째 관문인 논문 자격 시험을 친다. 이 시험을 통과하고 두번째 자격 요건인 소논문을 써서 통과가 되면, 박사학위 논문 외에 모든 필수 요건을 마친 상태^{ABD, All but dissertation}가 되어, 비로소 자신만의 연구 논문을 시작할 수 있다.

논문 자격 시험을 본 후 그동안 수많은 지적으로 내 어깨를 더 쪼그라들게 하셨던 어느 교수님께서 내 연구 페이퍼를 좋게 보시고, 박사과정 후배들 수업에 불러주셨다. 거기서 연구 계획과 지난 1년간의 나의 발전에 대해 프레젠테이션을 하라고 하셨다. 엘에이 쭈그리의 반전 있는 순간이었다.

코스웍이 끝나서 들을 수업이 없는 박사과정 학생에게 방학은 더이상 방학이 아니었다. 논문을 써야 한다는 압박은 퇴근도 주말도 없이 나를 괴롭혔다. 공부가 잘 안 될 때, 특히 '그냥' 하기 싫을 때는 그 압박이 더 심했다. 지금 생각해보면 공부와 휴식 사이에 분명한 경계선을 그어야 했는데 그러지 못해서 부담만 잔뜩 안고 이도 저도 못하는 날도 많았다. 편치 않은 마음으로 밍기적거리다가 결국 죄책감에 시달리기도 했다. 일을 시작하고 나서야 사람들이 으레 하는 "학생 때가 좋은 때다"라는 말을 실감했지만, 그 당시에는 논문을 써야 하는 학생이라는 사실이 부담스럽기만 했다. 알아서 해야 하는 공부 말고 달리 해야 할 일이 없는 것도 싫기만 했다.

보통은 3년차가 되면 두번째 논문 자격을 얻는 소논문을 제출하고 본격적으로 학위 논문을 쓰는데, 나는 '소논문으로 뭘 쓰면 좋을까' 하고 주제를 고민하면서 거의 1년을 보냈다. 원래 계획대로라면 졸업을 할 거라고 계획했던 시기가 되어서야 비로소 학위 논문 쓸 자격을 얻었다. 소논문 주제로 오래 고민해서일까 다행스럽게도 자격을 얻자 논문 쓰는 데 속도가 붙었다.

논문 주제는 박사과정을 시작하기 훨씬 오래전부터 가졌던 질문에서 비롯됐다. "도대체 어떻게 하면 장애인을 향한 비장애인들의 부정적인 인식과 태도를 긍정적으로 바꿀 수 있을까?" 사고 이후 대부분의 사람과는 다른 모습인 나에게 사람들은 매우 즉각적으로 반응했다. 예의나 에티켓 같은 필터를 거치지 않은 반응을 보였다. 다치기 전에는 한 번도 받아보지 못했던 반응, 그러나 나 역시 사고 이전에 누군가에게 부지불식간에 내보였을지 모를 행동과 표정, 시선. 이를 받는 대상이 되어보니 때로는 폭력적이라고 느껴지기도 했다. 상대방이 나를 배척하기 전에 내가 먼저 피하고 싶을 만큼 불편했고, 불쾌했다. 주로 장애인에 대해 잘 몰라서 오해하거나 장애인과 충분히 사람 대 사람으로 직접 대면해본 적이 없어서 이해가 부족한 탓이었다.

비장애인들이 '장애인'이라는 라벨을 붙이기 이전에 장애인을 한 '사람'으로 바라봐줬으면 했다. 모든 장애인은 착하고 선하니 친절히 대해달라는 게 아니었다. '장애'라는 몸의 어떤 부분에 생긴 손상을, 그로 인해 어떤 것을 할 수 없게 된 상태를 그 사람 전체의 손상이나 무능력함으로 확대하는 오류를 범하지 않기를 바랄 뿐이었다. 장애인이기 이전에 사람임을 기억하고, 장애 말고도 이러저러한 다양한 특성을 가진 개인임을 인정해주었으면 했다. 대체로 신체적 장애보다 정신장애를 가진 경우 더 두껍고 높은 오해의 벽을 만나는데 그래서 박사학위 논문으로 '지적, 발달장애인을 향한 비장애인의 태도에 영향을 미치는 요인'을 연구했다. 비장애인과 장애인이 2박 3일간 여름캠프에서 어울려서 친구가 되는 활동을 하고 나면 비장애인의 인식이 어떻게 변화하는지를 보고자 했다.

박사과정생 5년차 반이 다 지나고, 학위 논문 심사위원회를 구성해서 네 명의 교수님을 모시고 연구 계획을 발표하는 논문 프로포절을 했다. 너무 감사하게도 네 분 모두 패스를 주셔서 공식적으로 박사 후보^{Ph.D. candidate}가 되었다. 이후 윤리위원회의 심사를 거쳐 논문 계획대로 데이터 수집에 나섰다. 미주 밀알선교단에서 매해 여름 지적, 발달장애인과 비장애인 봉사자가 함께하는 '사랑의 캠프'를 개최하는데, 여기에 참가한 비장애인을 대상으로 설문과 인터뷰를 진행했다. 2003년부터 나의 팬을 자처하신 밀알선교단의 이영선 단장님과 이종희 목사님을 비롯한 밀알선교단 식구들의 도움 덕에 250개가 넘는 설문지 답변을 받았다. 이제 데이터를 코딩하고 분석하고 논문을 쓰는 기나긴 여정이 남았다.

어느 날은 공부하는 것이 좋아질 뻔도 했다가, 그러기엔 머리가 너무 안 따라준다는 현실에 직면하기도 했다. 모자란 지혜와 체력을 안타까워하면서, 막막하지만 꾸준히 컴퓨터 앞에 앉아서 모든 기회를 허락하신 하나님께 지혜를 구할 뿐이었다.

시작이 반이라고 논문 프로포절이 통과됐을 때는 논문의 반쯤은 끝났다고 착각했다. 여기저기 도움받아서 미국 동서부를 오가며 몇 달간 데이터 수집 작업을 마쳤을 때는 이제 분석만 하면 거의 다 한 셈이라고 착각했다. 자료 분석을 위해서 통계 프로그램을 돌리며 혹시 뭐가 더 나올까 싶어 요렇게 파고 조렇게 파며 삽질인지 분석인지 모를 일을 마치고는 이제 결과만 쓰면 끝이라고 또 착각했다. 그렇게 수차례 착각과 기대를 넘나들며 스스로를 격려하고 채찍질하면서 어딘가 있을지 모를 (사실 꼭 있어야만 하는) 내 논문의 학술적 의미와 사회복지적 함의를 찾아 헤맸다. 이제는 정말 아무 핑계도 대지 말고 뭐라도 써야 한다며 매일 아침 자기 집 거실 식탁을 기꺼이 내준 공부친구 차지현의 집에 매일 출근하면서 논문을 써갔다. (늘어가는 논문 페이지 수만큼이나 체중도 무섭게 늘었지만,) 결국 2016년 5월 드디어 학위 논문을 완성했다.

2016년 내 생일 하루 전날 논문 심사를 받았다. 참 오랜 시간을 학생으로 살았는데 그날 처음으로 "너 정말 많이 했구나"와 "훌륭하다"라는 평가를 들었다. 학생으로서 마지막 결과물을 제출할 때야 비로소 이런 말을 듣다니. 그

동안 얼마나 요령 있는(?) 학생으로 버텨왔던가 부끄럽기도 하고 한편으로는 '이제 학생생활은 정말로 끝내도 되나 보다' 싶었다. 박사과정을 마무리한다는 뿌듯함도 있었지만 동시에 학생이라는 익숙하고 안전했던 보호막이 이제 없어지고, 마흔이 다 되어서야 사회에 첫발을 내디뎌야 한다는 사실이 두렵기도 했다.

박사과정 시작 후 몇 년간 누가 봐도 동기들 중에서 부진한 꼴찌였지만, 다행히 졸업은 꼴찌가 아니었다. 정말 감사하게도 내 졸업 소식을 듣고 방송국에서 졸업식 날 취재를 와서 "『지선아 사랑해』 이지선씨가 역경을 딛고 미 UCLA 사회복지학 박사가 됐다"며 저녁 뉴스에 보도를 했다. 이후 여러 매체를 통해 내 소식이 그야말로 뉴스거리로 다뤄졌다. '이렇게 연일 뉴스에 나올 정도로 내가 대단한 일을 한 건가?' 얼떨떨했지만, 아무튼 정말 많은 사람들의 축하 속에서 어깨 쫙 펴고 박사학위를 받았고, 자칭 엘에이 쭈그리는 타칭 이지선 박사가 되었다.

몇 달 뒤, 11년 반의 유학생활을 마무리하고 한국으로 돌아가는 날. 나의 엘에이 생활을 쓸쓸하지 않게 지켜준 친구들 서영, 은주, 민경, 에스더와 공항에서 함께 울다 웃으며 작별했다. 한국행 비행기에 앉으면 어쩌려나 했는데 그저 감사한 마음뿐이었다. 미국의 동서부를 오가며 시애틀, 보스턴, 뉴욕, 엘에이까지 네 개 도시에서 학교를 다니면서 정말 많은 일이 있었다. 기억 저편으로 사라진 일도 많고, 시간이 흘러도 잊히지 않는 일도 많았다. 유학 기간 동안 만난 하나님이, 또 하나님이 만나게 해주신 사람들이 떠올랐다. 때마다 고비마다 선물처럼 찾아온 주님의 은혜가 있었고, 표현이 서툰 나에게 무한히 전해진 사랑과 격려와 지지가 있었다. 이 광야 같은 시간에 주님을 만났고, 고마운 분들을 만나 참 행복했다. 끊어지지 않는 사랑, 놀라운 은혜Unending love, Amazing grace를 누리며 그렇게 한국으로 돌아왔다.

따뜻한
도움의 기억

≫

사고 이후로 나는 완전히 다른 삶을 살게 되었다. 그전까지는 관심조차 두지 않았던 세상으로, 전혀 몰랐던 세계로 떨어졌다. 날마다 반갑지 않은 새로운 일들을 경험했고, 전에는 존재하는지도 몰랐던 사람들을 만났다. 그 세상엔 아프고 슬프고 힘겹게 살아가는 사람들이 참 많았다. 나도 그중 한 명이었다. 이전의 내가 그랬듯이 대부분은 우리에게 관심이 없었다. 길을 지나치다 나를 보고 깜짝 놀라 멈춰 서서 불쌍해 마지않는 눈빛으로 쳐다보는 걸 관심이라고 말할 순 없었다. 불필요한 찰나의 동정 그 이상도 그 이하도 아니었다. 그 세상의 한 사람이 되어보니 그 동정이 얼마나 불쾌하고 화나는 일인지 알게 되었다.

그 세상에는 혼자서는 화장실을 갈 수도 밥을 먹을 수도 없는 사람이 수두룩했다. 나도 누군가가 도와주지 않으면 생존이 불가능했다. 그 세상에 사는 사람들은 연약하고 취약해서 잠시 괜찮아진 것 같아 보여도 또다른 일로 금세 넘어지기 일쑤였다. 누군가 손 내밀어주지 않으면 혼자 일어설 수도 없는 사람이 많았다. 나를 일으켜줄 손이 필요하다고 목이 쉬도록 소리쳐도 그 소리가 닿지 않을 만큼 우리 소리는 작았다. 그런데 내게는 기꺼이 나를 일으켜주고 싶다며 다가온 사람들이 있었다. 다시 일어나자고 가족이, 친구가, 학교가, 교회가 손을 내밀어주었다. 무엇이 필요하냐고, 자신이 무엇을 도울 수 있겠냐고 진심으로 물어봐주고 내 작은 목소리에 귀기울여줬다. 때론 굳이 말하기도 전에 먼저 나를 당겨 올려주기도, 업어주기도 했다.

그 손을 잡고 일어서서 수많은 고비들을 지나 여기까지 올 수 있었다. 다시 내 힘으로 혼자 설 수 있었을 때, 내 마음에 이런 목소리가 들려왔다. "이제 네가 넘어진 사람들에게 손을 내밀어주면 어떻겠니? 여기 내밀어줄 손이 필요하다고 소리치는 목소리가 되면 어떻겠니?" 나는 그 따뜻한 권유를 따라 누군가에게 손 내밀 수 있는 사람이 되고자 공부를 시작했다.

처음엔 장애인을 상담하고 싶어서 재활상담을 공부했다. 나처럼 사고나 질환 때문에 신체장애를 갖게 된 사람들의 마음을 상담하는 데 초점을 맞추고 싶었는데 내 기대와 달리 보스턴대 재활상담과정은 정신장애인의 직업재활을 위한 상담에 중점을 뒀다. 장애인이 궁극적으로 자립하려면 잔존한 능력을 살리고, 잠재력을 키워서 직업을 찾고 또 고용이 유지되도록 도와야 한다. 장애인에게 직업재활은 정말 중요한 일이고, 보스턴대에서 재활상담학을 공부한 시간이 내 인생에도 큰 도움이 됐다. 하지만 공부를 하면 할수록 한국과 미국의 시스템이 확연히 달라서 답답해졌다. 미국에서는 장애인들이 직업을 가질 수 있도록 뒷받침해주는 법적 시스템이 마련돼 있었다. 공인된 재활상담사가 장애인의 직업재활을 돕는 기관이 한 도시에 십여 개씩 존재했다. 그런데 한국은 그렇지 않았다. 여러 요인을 고려하며 두 국가를 계속 비교하다보니 정책적인 부분에 계속 관심이 갔다. 상담을 통해 한 사람의 능력을 계발하고, 동기를 부여하고, 도전하도록 돕는 과정도 정말 중요하지만, 나의 경험에 비춰볼 때, 한 사람이 회복하고 성장하려면 환경적 영향이 더더욱 중요하다는 생각이 들었다. 그 사람 주변에 활용 가능한 자원을 최대한 연계하고, 환경을 변화시키고, 정책과 법을 변화시켜야 한다는 결론에 이르렀다. 그래서 사회복지학으로 공부의 방향을 틀었다.

보건복지부의 문을 두드려 여름방학 동안 보건복지부 장애인 권익지원과에서 인턴생활도 해봤다. 한국에서 장애인 정책이 어떻게 만들어지는지 가까이서 보고 싶기도 했고 어차피 졸업 후 돌아올 내 나라의 상황을 좀 알아야 미국에서도 한국 상황에 맞게 공부할 수 있으리라 생각했다.

그후 공부를 더 해보고 싶어 UCLA에서 사회복지학 박사과정을 밟았다. 소외된 개인을 우리 사회의 구성원으로 편입하려면 사회 시스템과 정책도 변해야 하지만, 사회 구성원의 자세가 바뀌어야 한다. 암묵적으로 어떤 사람은 주변부에 있어야 한다고 구분짓고 누군가를 배제하는 것이 아니라 소외된 개인을 수용하고 개개인의 권리를 인정해줘야 한다. 그래서 학위 논문도 무엇이 장애인에 대한 비장애인의 인식을 변화시키는지에 관해 썼다.

사고 이후 내가 속한 곳은 사회의 주변부였다. 그 세상에 살면서 거기 사람들의 마음을 알게 되었다. 꼭 화상 경험자, 장애인에게만 국한되는 얘기가 아니다. 돌봄이 필요한 노인, 부모 없이 자라는 아이들, 차라리 없는 게 나았을지도 모를 부모와 사는 아이들, 한국에서 태어났고 한국말밖에 못 하는데 생김새가 다르다고 차별받는 다문화가정의 아이들, 한국에 힘들게 적응중인 북한 이탈주민들에게까지 관심은 넓어졌다. 알면 알수록 그들이 이 세상에서 잊혔다고, 배제되었다고 생각하지 않도록 돕고 싶다는 열망이 생겨났다. 꼭 주류에 속하지 않더라도 우리에게도 우리의 삶이 있다고 믿게 돕고 싶다. 그렇게 이웃의 목소리를 연구에 담아서 세상에 소리치는 목소리로서 역할하고 싶다.

내가 공부하고 연구하는 것은 예수님이 이 땅에서 사랑하신 이들을 계속 사랑하는 과정이다. 사회 주변부로 밀려나 잊힌 사람처럼 살아가는 이들을 찾아가 다른 사람과 똑같이 권리와 기회를 누리도록 돕고, 이 사회를 구성하는 소중한 이웃으로, 사람답게 살도록 돕는 일이다.

학부 시절에는 유아교육학을, 처음 유학을 갈 때는 재활상담학을 전공하고, 돌고 돌아서 서른 살이 넘어 사회복지학을 공부하게 되었다. 왜 사회복지학을 전공했느냐고 많이들 묻는다. 그 대답을 이토록 길게 거창하게 썼지만, 간단히 요약하자면 내가 어려울 때 받았던 '따뜻한 도움의 기억' 때문이다. 오랜 기간 동안 나를 응원해준 분들이 따뜻하게 도와주셨기에 삶을 포기하지 않을 수 있었다. 삶을 내던져버리고 싶을 만큼 힘든 상황에 처해봤던, 그 자리에 앉아봤던 사람으로서 내가 받았던 따뜻한 도움의 기억을, 그 힘을 나누고 싶다.

작은 일을
하는 사람

»

　엘에이 쭈그리 시절, 어느 날 대통령 후보 선대위 공동
위원장을 해보지 않겠느냐는 제안이 왔다. 가장 심도 있게
하는 고민이 기껏해야 아침 여덟시 수업을 철회할까 말까
인 사람에게 이 시대를 살아가는 어려운 청년의 목소리를
대변해달라고, 상처받은 사람들을 위한 정책 아이디어를
실현하는 데 힘을 모아달라고 제안해오니 미국과 한국의
물리적 거리만큼이나 정말 먼 이야기처럼 들렸다. 박사과
정중이라서 그럴 상황도 안 되고 그런 일을 할 만한 사람
이 못 된다고 거절했지만 '남들이 보는 내 모습은 실상보
다 훨씬 괜찮은 사람으로 만들어졌구나……' 싶어 좀 두렵

기도 했다. 그래서 내가 쓴 글과 내뱉은 말에 책임을 가져야겠다 싶어 아침 여덟시 수업을 철회하지 않고 수강했던 적이 있다.

한번은 청와대에 계신 어떤 분이 나를 면담하고 싶다고 보좌관을 통해서 연락하신 적도 있었다. 국가와 사회에 좌절, 분노하는 젊은 세대에게 희망과 용기를 줄 만한 고견을 듣고 싶다고 하셨다. '고오견? 내가 이런 사람이었어?' 하면서 뒤이어 '지금 미국에 있어서 참으로 다행이다!' 싶었다. 세월이 많이 흘렀지만, 사실 여전히 내가 사람들의 기대만큼 할말이 있는, 그런 큰 사람인지는 모르겠다.

가족과 떨어져 지내서 외롭다고, 혼자여서 쓸쓸하다고 했던 미국생활이었지만, 귀국 준비를 하는 순간까지도 정말 많은 이들의 사랑을 받았다. 귀국 이삿짐 견적을 알아보려고 한 해운회사에 문의전화를 했다가 목소리만 듣고 "이지선 자매"를 알아채주신 부장님 덕에 이삿짐을 저렴하게 한국으로 보냈고 "훌륭한 분"의 차를 맡아서 영광이었다는 어느 중고차 매매상의 값없는 수고 덕에 예상했던 금액보다 조금 더 높은 값에 차도 팔 수 있었다. 이미 많은 마음의 빚을 진 고마운 사람들과 송별회도 수차례 하며 정말 많은 사랑을 받았다.

그즈음 그동안 아무 교류가 없었던 어느 비영리 단체에서 모금 행사 때 짧은 강연을 해달라고 요청이 왔다. 그런데 그냥 강연만 하는 것이 아니라 원고도 달라고 하더니 원고를 수정해달라고 연락이 계속 왔다. '아무 대가 없이 해주는(!) 건데 너무 귀찮게 하는 거 아닌가' 싶어 속으로는 울끈불끈했다. 꾹꾹 누르려고 했지만 아마도 말투에서 다 티가 났을 것이다.

그렇게 많은 것을 거저 받았으면, 거저 줄 줄 알아야 하는데 나는 왜 이리도 인색한지…… 다른 사람이 값없이 주는 마음을 그렇게도 잘 받아놓고, 내 짧은 시간을 나누면서 왜 그리 시원스럽지 못한지…… 내 작디작은 그릇이 보였다.

엄마는 오빠 결혼식 이후 내 박사 졸업식이 가장 행복한 날이라고 하셨지만 나는 아니었다. 친구들이 만들어준 '이제부터 이박사'라는 팻말을 들고 활짝 웃으면서 졸업식 날 사진은 찍었지만, 불확실한 미래 때문에 마음 한 켠이 무거워 그 감격을 제대로 누리지 못했다. 오랜 유학생활의 끝이 아무것도 정해지지 않은 '소속 없음'이라는 사실이 나를 움츠러들게 했다. '친구들은 졸업 후에 어디 갈지 정하고서 학위를 받는데, 나는 왜 이리도 영리하지 못했을까? 달랑 논문 썼다고 이렇게 대책 없이 졸업해도 되나……' 하며 불안해했다. 초등학교부터 석사과정 두 번에 박사과정까지 인생의 무려 사분의 삼을 학생 신분으로 살았는데 더이상 학생이 아니라는 사실에 두려워졌다.

성경에 보면 이집트에서 400년간 포로생활을 하다가 탈출한 이스라엘 백성들은 눈앞에서 홍해가 갈라지는 기적을 경험했다. 그후 40년간 광야생활을 하다가 드디어 약속된 땅으로 들어가기 전, 요단강을 마주하고 또다시 큰 두려움을 느낀다. 홍해와 달리 요단강 앞에는 하늘이 낸 지도자 모세도 없고 바닷물을 물러가게 하는 바람도 불지 않는다. 그러나 이스라엘 백성들은 하나님의 말씀이 담긴 언약궤를 메고 40년 전 홍해의 마른땅을 밟고 건너게 하셨던 하나님을 믿고 넘실거리는 요단강에 발을 넣는다. 바로 그때 그 강물이 끊어져 다시금 마른땅이 드러나 요단강을 건넌다.

사고 후 많이 아팠지만 홍해가 갈라지는 것 같은 기적을 경험했다. 이제 학업을 마치고 귀국을 앞둔 시점이 되니 꼭 요단강을 앞에 둔 이스라엘 백성이 된 기분이었다. 척박했지만 어느덧 익숙해진 곳, 매일 아침 하늘에서 만나가 내리는 은혜가 있었던 유학생활이라는 광야를 뒤로한 채, 이제 익숙치 않은 새로운 곳을 향해 발을 내디뎌야 하는 시점이 왔다. 이제 나도 넘실거리는 요단강에 발을 넣어야 했다.

그 앞에 서서 나는 아직도, 여전히, 대단히 연약하고 작은 사람임을 확인했다. 너무 작은 사람이어서 속상했고 두려웠다. 그때 대다수의 사람들처럼 이지선 자매는 역경을 이겨냈으니 대단히 큰 사람일 것이라 여기지 않고, 나를 그저 인생의 새로운 챕터를 앞두고 두려워 주저하는 작고 연약한 '한 영혼'임을 알아보고, 이 작은 자를 위해 기도를 해준 분들의 존재가 내게 얼마나 큰 위로가 되었는지 모른다. 요단강 앞에 서서 나의 작음을 확인하며 내가 믿는 그분의 크심을 기대할 수밖에 없었다. 내가 이 요단강에 발을 내디디면 홍해를 가르신 그분께서 마른땅을 지나가게 하시리라는 그 말씀을 믿을 뿐이었다.

간증이나 강연을 마치면 내 이야기에 감동받은 분들이 내 손을 꼭 붙잡고 진심을 담아 "크게 쓰임받으실 거예요"

라고 말씀해주시곤 한다. 큰 고생을 했으니 이제 큰일 하는 사람으로 살 것이라는 축복으로, 응원으로 하시는 말씀인 줄은 잘 안다. 하지만 그런 말을 들을 때마다 나는 속으로 '오, 노노! 저는 작은 일 하며 살 거예요!' 소리친다. 지나온 시간에 대한 감사도 크고, 살아서 여기까지 오게 하신 분에 대한 찬양도 많지만, 솔직히 시시때때로 별다른 생각 없이 살다가 나의 작음을 깨닫고 어깨를 축 늘어뜨리고 반성하며 사는 게 나란 작은 사람이기 때문이다.

영어로 졸업식을 'commencement'라고 하는데 '시작되다commence'라는 동사에서 나온 단어이다. 갈 곳이 정해지지 않아 불안하기만 했던 유학생활의 끝, 그러나 또다른 시작이었던 그때, 유학길에 올랐던 날의 그 마음을 기억해냈다. 세상을 바꿀 큰일이 아니라, 내 작은 손이 필요한 사람에게 기꺼이 시간과 마음을 내어줄 수 있기를, 그래서 그들의 세상이 조금 밝아질 수 있기를 바랐다. 큰일은 못 하더라도 내가 했던 말과 글에 반응해주었던 고마운 이들에게 반가운 소식이 되는 사람으로 살 수 있기를 소망한다. 많은 분들의 기도와 응원 덕에 살아왔다는 사실을 가끔은 모른 척하고 나만 생각하며 살고 싶은 순간이 있

지만, 내게 보내왔던 고마운 마음을 다시금 기억하며 가던
길을 돌이키는 사람으로 살겠다고 다짐한다. 그렇게 나는
요단강에 발을 넣었다.

17학번 교수
이지선입니다

»

졸업 후 반년 동안 고학력 무직자, 취업준비생으로 지내다가 한동대학교 상담심리 사회복지학부 전임 교원 자리에 지원했다. 한동대에 면접을 보러 가면서 온누리교회의 하용조 목사님 생각이 많이 났다. 2003년 가을, 처음 마주앉은 자리에서 하목사님은 내게 첫 질문으로 "자매는 뭘하고 싶어요?"라고 물으셨다. 공부를 하고 싶다는 내 답에 그 다음날로 바로 온누리교회에서 장학금을 주시기로 했다는 연락이 왔다. 그 덕에 지체하지 않고(못하고) 유학을 떠나 6년 동안이나 지원을 받았다. 그때 장학금을 주시면서 하목사님께서 나중에 온누리교회를 위해 뭔가 해야겠다는 생각은 하지 말라고, 그냥 한국 교회가 할일을 하는 것뿐이라고 하신 말씀을 늘 기억하고 있다. '하목사님 너무 멋있다!' 감탄하면서도 기회가 된다면 온누리교회에 보답할 수 있었으면 했는데 하목사님께서 애정을 쏟고 온누리교회가 오랫동안 후원한 한동대에서 일하면 하목사님께서 돌아가시기 전 내게 하셨던 "참 보람되다" 그 말씀을 한 번 더 하실 것 같았다. 그리고 내가 한동대에 임용되어 첫 강의를 시작한 날, 학교에 하용조 목사님의 성함을 딴 신축 건물의 개관식이 있었다. 내게는 더없이 의미 있고 감사한 시작이었다.

2017년 1학기부터 한동대에서 사회복지학을 가르치게 됐다고 SNS로 소식을 전했는데, (약간 과장을 보태면) 사람들이 폭발적으로 반응했다. 오래 공부한 내가 잘되기를 가족 같은 마음으로 기다리고 기도해준 분들이 이렇게나 많구나, 꼭 친동생이 취업한 것처럼 진심으로 기뻐해주시는 분들이 많구나, 하는 생각에 감사했다. 그 이후로 내 취직 소식이 대단한 기삿거리가 되는지 어리둥절한 가운데 정말 다양한 매체에서 취재 연락을 받았다.

2017년 2월 말, 아무 연고도 없던 포항에서 새로운 생활을 시작했다. 입학식 때 다른 교수님들과 학사 행렬을 하는 것으로 한동대에서의 첫발을 내디뎠다. 학사 행렬은 신입생들이 있는 중앙 통로로 교수들이 박사 가운을 입고 박수를 받으며 걸어들어갔다가 식이 끝나면 또 박수를 받으며 나오는 것이었다. 이야기를 들으면 멋있어 보이지만, 치렁치렁한 박사 가운을 입고서 빵모자가 떨어질까봐 조심하며 짧은 다리로 따라가다보니 앞사람과 자꾸 멀어져서 총총거리며 쫓아가느라 정신이 없었다. 입학식을 마치고 길거리 캐스팅되어서 총장님과 함께 학부모님들이 모인 강당에 가서 신입 교수로 인사도 했다. 17학번 신입생처럼 나도 부모님과 함께 오늘 한동대에 입학하러 왔다고 인사했다.

이튿날 교수 수련회가 있었다. 예배, 총장님 말씀, 신임 교수 인사 후 한동의 교수 명예 헌장에 서약하는 순서로 이어졌다. 기독교 정신으로 세워진 한동대에는 구성원 스스로 정직함과 고결함을 지키기 위해 만든 명예 제도Honor Code가 있다. 이 약속을 바탕으로 학생들은 무감독 시험 제도를 비롯해서 생활 곳곳에서 정직하고 성실하게 또 겸손히 주변 사람들을 섬기며 사는 훈련을 한다. 입학하는 학생뿐 아니라, 교수도 이런 약속을 해야 했다. 그런데 그 교수 명예 헌장에 적힌 내용이 후덜덜했다. 가정과 교육, 연구, 학생과 학교, 교회와 사회와 세계에 대한 책임까지……어마어마한 무게가 담긴 그 약속을 읽다보니 자꾸만 멈칫멈칫했다. (어디 희한한 곳에 발을 담근 느낌이랄까.) 아무튼 교수 수련회인지, 안 쉬고 오래 앉아서 버티는 극기 훈련인지 헷갈리는 빡빡한 일정중에 "우리가 학생들을 어떻게 도울 수 있을까" 고민하는 교수님들의 모습을 보며 '과연 나는 저렇게 살 수 있을까' 걱정도 되었다. 그리고 한동대에서는 강의가 없는 시간에 아마 다른 학교 교수라면 하지 않을 듯한, 수업 외의 꽤 많은 일정(학생들과의 공동체 훈련, 성경 공부, 예배, 인성교육 등등)을 소화해야 된다는 사실도 알게 됐다. ('아직 공식 문서에 사인을 안 했으니까 지금이 마지막 기회인가, 튈까?' 하는 생각이 잠시 스쳤다.)

튀지 못했기…… 아니 않았기 때문에 직번이 나왔다. 학교 전산시스템에 등록되어 @handong.edu가 붙는 이메일 주소도 받았다. 내 연구실에 걸린 '이지선 교수' 팻말 앞에서 살 수만 있기를 바랐던 딸이 공부를 마치고 취직까지 하니 더이상 바랄 게 없다는 부모님과 사진도 찍었다. 그리고 차에 싣고 온 가방 몇 개를 들고 새집에 들어갔다.

멀리 바다가 약간 보이는 아파트였는데 아침이 되자 아직 블라인드를 달지 못해서 동쪽에서 이제 막 떠오른 태양의 강렬한 빛이 그대로 쏟아졌다. 몸을 일으키기도 전에 선글라스부터 끼고 싶은 포항에서의 첫 아침을 맞았다. 이사를 다 마치니 당신들은 이제 집에 가서 너무 좋다며 이 낯선 땅에 딸을 혼자 남겨두고 부모님은 손을 흔들며 떠나셨다.

첫 강의에 쓸 프레젠테이션의 디자인을 두 시간 동안 골랐다. (디자인 하나 고르는 데도 세상 신중하다.) 프레젠테이션 내용을 채우면서 '망했어!'와 '어쩌면 재밌을지도 몰라……'를 계속 왔다갔다했다. 그렇게 설렘과 긴장, 두려움과 기대 사이를 오가며 첫 강의를 준비했다.

드디어 첫 강의 시간. 내게 강의도, 관련 자료도 넘겨주신 교수님의 응원을 받으며, 강의실에 들어섰다. 내 소개를 하고 한 학기 동안 무엇을 배울지 어떤 방식으로 진행되는지 설명부터 시작했다. 처음 보는 마흔아홉 명의 학생 앞에서, 그것도 모두 한국인인데 영어로 강의하려니 정신이 혼미했다. (그렇다. 나는 한 학기에 두 과목은 영어로 강의

해야 하는 운명이었다.) 눈은 어디 두어야 할지, 지금 무슨 말을 하고 있는 건지…… 나름대로 멋지게 보이고 싶어서 스카프도 둘렀는데 긴장하고 열이 오르고 진땀이 흘러서 5분도 안 되어 스카프를 풀러야만 했다.

75분을 예상하고 준비해간 프레젠테이션 슬라이드가 30분 만에 끝나버려 패닉상태에 빠진 첫주가 지났다. 나도 잘 모르는 내용을 가르친답시고 폼잡고 있다가 학생의 질문에 연달아 답을 못한 날은 거의 울면서 조기 퇴근해버린 초짜 교수였다. 학생 때는 한 학기에 겨우 한 번, 길어야 20분도 안 될 프레젠테이션을 하면서도 그렇게도 힘들어했는데 이젠 75분짜리 영어 프레젠테이션을 매번 다른 내용으로 일주일에 네 번씩 최소 15주 동안 해야 했다. 밤을 새워 수업 준비를 했지만 결국 수업 시간엔 너무 긴장해서 자료를 줄줄 읽는 것밖에 못하는, 매일매일 재미없는 수업이 예견된 초짜 교수의 수업이었다. (그 와중에 강의 장면을 찍어서 뉴스에 내보내고 싶다는 취재 요청이 계속 들어와 정말 괴로웠다. 남의 속도 모르고……)

매일 밤 '내일 휴강할까?' 하는 유혹에 흔들리면서도 꾸역꾸역 강의실로 향했다. 당황스럽고 부끄럽고 미쳐버릴 것 같은 그 시간을 그래도 버틴 초짜 교수에게는 박수를, 포항에 내려와서 매일 밤 괴로움을 나누며 두 달 동안 같이 밤새워준 사촌동생에게는 고마움을, "처음엔 나도 그랬어요" 하시며 따뜻하게 나를 토닥여주신 선배 교수님들께는 감사를 전하고 싶다.

오늘도 밤을 새워야 해서, 잠을 깨야 해서 커피를 마시다가 토요일이면 향을 음미하며 커피를 마시는 시간이 얼마나 좋은지 알게 되었다. 그동안 직장인들이 왜 그토록 금요일 밤을 기다렸는지, 왜 그리도 햇살 좋은 토요일엔 아무것도 안 하고 싶어했는지, 일요일 오후가 되면 왜 그렇게 인상을 찌푸렸는지 비로소 알게 된, 이젠 직장인이 다 된 17학번 교수 이지선이었다.

땅끝에
서다

>>

    교수로서 학생들 앞에 서기 전, 나는 이미 15년 동안 천 번 넘게 사람들 앞에 선 강연자였다. 교회, 학교, 회사, 군대, 국가 기관, 지역사회 아카데미, 각종 행사, 소모임 등 (절이나 성당엔 안 불러주셔서 못 가봤지만) 다양한 곳에서 정말 많은 사람들 앞에서 강연해왔다. 나의 겉모습을 신기해하는 어린이들 앞에서도, 군기 바짝 든 훈련소 군인들 앞에서도, 참석하라고 하니깐 마지못해 와서 삐딱하게 앉은 고등학생들 앞에서도, 업무 연장선에서 감정을 드러내고 싶어하지 않는(어쩌면 드러낸 적이 없는) 아저씨들 앞에서도, 내가 무슨 이야기를 하든 그저 나를 안쓰러워하는 어르신들 앞에서도, 그 많은 사람들과 눈도 잘 마주치고, 울고 웃기도 하면서, 조곤조곤 할말은 다 하는 여유로운 강연자였다. 그런데 교수로서 하는 강의는 매번 다른 사람들에게 같은 이야기를 전달하는 강연과는 전혀 다른 일이었다.

이제는 일주일에 두 번씩, 매번 다른 내용으로, 늘 같은 사람 앞에 서야 했다. 첫 학기에는 두 과목을 맡았는데 마흔아홉 명, 일흔두 명의 학생들 앞에서 매번 바짝 얼었다. 학생과의 눈맞춤은 상상도 할 수 없었다. 강의 자료를 보고 읽다가 자꾸 말은 빨라졌고, 틈이 생기면 학생들이 질문할까봐 휘리릭 넘기기 일쑤였다. 학생이 질문해도 대답을 못하는 일은 일상이었다. 질문에 답하다가 헷갈려 하면 손 빠른 학생이 인터넷에서 검색해 바로 정정해주기도 했다. 아는 척하는 걸 정말 싫어했는데 그런 체해야 할 때가 많아서 자괴감에 빠지기 쉬운 나날이었다.

'처음엔 다 그렇지 뭐' '힘내자! 조금 더 뻔뻔해지자!' 하다가도 나보다 더 여유롭게 찬찬히 잘 가르치는 학생의 프레젠테이션을 볼 때면 내 자리를 넘겨주고 숨고 싶었다. 교생 실습도 해본 적 없는 초보 중의 초보 선생이 한국어도 아니고 영어로 강의를 해야 하니 선생도 학생도 괴로운 수업이었다. 이게 땀인지 눈물인지 모를 것이 주룩주룩 흘렀다. 의도치 않았지만 선생이 이 지경이라 학생들이 뜻밖에도 자기주도학습을 했다는 게 유일한 장점이다.

'경력 많은 교수님께 배웠으면 좋았을 텐데……' 학생들에게 미안한 마음에 수업이 끝나도 학생과 눈을 못 마주쳤다. 특별히 엉망이 된 날은 오가는 학생들의 인사를 받기도 힘들어서 (한동대 학생들은 지나가는 어른에게 인사도 참 잘한다) 수업이 끝나자마자 도망치듯 집으로 향한 날도 많다. 매일매일 내일이 시험 날인 것만 같았다. 그런데 그 시험을 맨날 망쳤다. 얼마나 긴장했는지 나도 모르게 습관처럼 이를 악물었고, 잠이 들 때쯤에야 얼얼한 턱을 풀면서 '오늘도 이 악물고 버텼구나' 실감했다.

그런 상황에서 스승의 날을 맞았다. 수업 시간에 조교 학생이 꽃을 가지고 들어오고 학생들이 〈스승의 은혜〉를 불렀다. 내가 학생들에게 배우는 중인데 무슨 말도 안 되는 상황인지 어리둥절했다. '아이고…… 제발…… 나한테 이러지 말아줄래요?' 하고 교탁 밑에 숨었다. 감동해서가 아니라 너무 민망해서 거의 울상이 되었다. 그래서 "아아

아~ 고마워라"까지 부르게 해서는 안 되겠다 싶어 중간에 노래를 끊어버렸다.

수업이 끝나고 몇몇 학생이 편지를 주고 갔다. 이런 허접한 수업에도 눈을 초롱초롱하게 빛내며 맨 앞줄에서 수업을 듣는 훌륭한 학생들이 식은땀과 진땀을 흘리는 초짜 교수에게 열정적인 수업 감사하다며 위로와 격려를 보내주었다. 그리고 학부 교수님들과 학교에서 마련해준 스승의 날 기념 식사를 하고 내 연구실로 돌아오는 길. 한동대에서는 스승의 날 전날밤 학생들이 1년 동안 가족처럼 지내는 자기네 팀 교수님의 연구실 문을 꾸미는 전통이 있다고 들었는데, 정말 교수님들 연구실 문 장식이 하룻밤 사이에 싹 바뀌어 있었다. 그렇게 다른 교수님들의 문을 구경하며 복도의 맨 끝에 위치한 내 연구실로 돌아왔는데……

'어머나, 이게 뭐여?' 내 연구실 문도 꾸며져 있는 것이 아닌가! 수업 준비하기도 벅차서 아직 제대로 만나지 못한 정책학회 학생들과 조교 학생이 아직 팀이 없는 나를 챙긴 것이다. 아무것도 한 게 없는 선생에게 지도 교수라고 신경써준 학생들의 마음 씀씀이가 민망하고 고마웠다. 모든 교수가 한동유치원(?)스러운 문을 가질 때 소외되는 사람이 없도록 한 사람, 한 사람을 생각하는 이런 학생들이 있어서 다들 한동대 한동대 하는구나 했다.

시간이 흘러 졸업을 앞둔 학생들이 내게 인사한다고 연구실을 찾아왔을 때, 매 수업 열심인 너희들 때문에 정말 긴장했노라고, 매의 눈으로 논리의 틈새를 찾아내 똑똑한 질문을 던져서 나를 참 많이도 당황시켰다고 고백했다. 학생들은 놀라며 그런 줄 전혀 몰랐다고 했다. 끝까지 선생의 면을 세워주느라 모른 척했을 수도 있지만, 어느 쪽이든 참 고마웠다.

방학이 끝나도 학교에 복귀하지 않을 합법적인 방법은 출산휴가와 육아휴직밖에 없는데 내겐 도통 그런 기회가 안 생긴다고 안타까워하면서 개강하면 다시 학생들 앞에 섰다. 그렇게 교수로 산 지 이제 6년차를 지나고 있다. 여전히 날씨와 상관없이 땀을 뻘뻘 흘리며(휴대용 선풍기까지 동원했던 적도 있다) 75분 동안 아무 말 대잔치를 하고, 시원찮게 설명해서 내가 채우지 못한 수많은 구멍을 똑똑한 학생들이 찾아내 아까 잘 이해가 안 됐다며 수업 후 앞으로 몰려와 줄을 서게 만들기도 한다. 그래도 다행스럽게 이제는 무엇을 가르치고 어디까지 설명해야 하는지도 알게 되었고, 준비한 강의가 예상보다 빨리 끝나도 패닉에 빠지지 않고 들키지 않으면서 남은 시간을 잘 유용하게 되었다. 감사하게도 처음보단 제법 학생들과 눈도 맞추며, 실수해도 '아이코' 하며 웃는 여유가 생겼다. 무엇보다 이제 이를 덜 악물고 산다. 에너지가 방전돼 방학이면 아무것도 할 수가 없었는데 어느덧 취미도 찾아보고, 방학중에 적극적으로 연구도 진행하고 있다.

내가 임용된 첫해에 비행기를 타고 출장을 다녀오던 오빠가 포항 위를 지나가며 사진을 찍어 보내준 적이 있다. 비행기의 작은 창문 밖으로 바다와 내가 사는 집, 내가 일하는 학교가 보이는 사진이었다. 오빠는 반가워서 찍었겠지만, 그 사진을 본 나의 첫 반응은 '가족들과는 정말 먼 곳에 살고 있구나……' '내가 우리나라 동쪽 끝, 바다와 맞닿은 곳, 땅끝에 와 있구나' 하는 생각이었다. 그리고 예수님께서 이 땅에서 하신 마지막 말씀이 생각났다. "오직 성령이 너희에게 임하시면 너희가 권능을 받고 예루살렘과 온 유대와 사마리아와 땅끝까지 이르러 내 증인witness이 되리라."(사도행전 1장 8절) 보통 신자들 자신이 선 곳을 땅끝으로 해석하기도 하는데 오빠가 보내온 사진은 다시금 내가 선 곳이 땅끝임을 실감하게 해주었다. 나는 내가 있는 곳, 이곳 땅끝에서 증인이 되기를 기도했다. 사고 이후 지금까지 특별한 일들을 보고 들은 증인으로 살아왔듯이 이곳에서 세상을 바꾸는 대단한 일을 하고, 사람들을 놀래킬 만한 엄청난 성과를 내지 않아도 괜찮다. 매일의 일상에서 하나님을 만나고, 예수님의 은혜를 경험한 증인으로 살아내기를, 지극히 작은 자에게 곧 주님께 하듯이 행동하고 그들에게 나타나는 변화와 그들의 세상이 변하는 것을 보고 듣고 증거하는 사람으로 살기를 기도했다.

/ 3부 /

내 인생의 러닝메이트

희망을 막는
수비는 없다

》

　푸르메재단의 백경학 상임이사님을 처음 만난 건 2004년
이었다. 어느 날 이사님이 내 홈페이지에 재활병원을 짓고
자 준비중이라는 글을 남기셨고, 이메일로 재활병원 건립
에 관해 자세히 설명을 했다. 병원생활을 오래 해봤던 터
라 환자 중심의 병원을 짓고 싶다는 말에 일단 솔깃했다.
이사님을 만나서 직접 들어보니 진심이 느껴져 기꺼이 푸
르메재단의 첫 홍보대사가 되었다.

　이사님이 재활병원에 관심을 가진 건 교통사고 때문이
었다. 신문기자로서 통일 문제 전문가가 되고 싶었던 이사
님은 1996년 독일의 뮌헨대학으로 떠나 2년 동안 초빙 연

163

구원 생활을 했는데 연수가 끝날 무렵 부인 황혜경님과 따님과 함께 스코틀랜드로 여행을 떠났다. 그리고 거기서 일생 동안 꿈에서조차 생각해본 적 없던 일을 겪었다. 여행 중 따님이 갑자기 배가 아프다고 해서 갓길에 차를 세우고 황혜경님이 트렁크에서 아이 속옷을 꺼내려고 했는데 그 순간 갑자기 승용차 한 대가 달려왔다. 평소 편두통을 앓던 가해자는 이날도 두통약을 먹고 운전하다가 정신을 잃고 전속력으로 달려와 덮쳤다고 했다. 이 사고로 황혜경님은 혼수상태에 빠졌고 한쪽 다리를 절단해야 했다. 죽음을 준비하라는 말까지 들었지만 세 번의 수술 끝에 기적이 일어나 황혜경님은 100일 만에 혼수상태에서 깨어났다. 그 당시 황혜경님은 장거리 비행을 견딜 수 있는 몸상태가 아니었기에, 우선 독일로 옮겨 1년 반 동안 재활치료를 받았다. 인생에서 이때처럼 힘든 시간이 또 없을 것 같았지만, 그래도 독일 재활병원의 시스템 덕에 잘 버텼고 어느 정도 체력도 회복해 귀국했다.

병원만 잘 찾으면 재활치료를 잘 받겠지 했지만 그리 오래지 않아 헛된 기대였다는 걸 깨달았다. 당시 한국에서 재활치료를 받을 수 있는 곳은 신촌 세브란스 재활병원이

유일했는데 여기서 치료를 받으려면 보통 두세 달은 대기해야 했다. 재활 시기를 놓치면 근육이 굳어질 수도 있어서 매일 전문적인 재활치료를 받아야 했지만 한국에는 곧바로 재활치료를 해줄 병원이 없었다. 입원할 병원도 없을뿐더러 어렵게 입원한대도 2개월이 지나면 퇴원해야 했다. 도대체 왜 그런 걸까? 일단 재활치료의 의료 수가가 너무 낮았다. 재활의학과는 환자가 오래 입원할수록 적자였다. 환자 입장에서는 해외로 가서 재활치료를 받거나, 1~2인실에 입원해 비싼 병원비를 감당할 형편이 아닌 이상 기다림을 감내하며 병원을 전전하다가 치료를 포기할 수밖에 없었다. 이러한 현실을 알게 된 백경학 이사님은 기자생활을 그만두고 무모한 도전에 나섰다. 환자를 가족처럼 여기고 환자가 중심인 재활병원을 지어보겠다고 결심했다. 뜻이 있는 사람들과 함께하면 가능할 거라 믿으셨단다.

뜻은 원대했으나 쉽지 않았다. 비영리재단을 설립하려면 재단 출연금이 필요했다. 독일에서 맥주 양조학을 공부한 후배와 주변 지인들에게 투자받아 국내 최초의 마이크로브루어리 옥토버훼스트를 세웠다. 그리고 4년 뒤, 이사님의 회사 지분 10퍼센트와 8년간 긴 소송 끝에 받아낸 황혜경님의 사고 피해 보상금 중 절반이 넘는 10억 7000만 원을 기본재산 삼아 푸르메재단이 세워졌다. 돈으로 환산할 수도 없는 잃어버린 것들, 지나온 고통과 또 평생 감내해야 할 시간을 생각하면 정말 피 같은 돈이었다. 불행한 사고였지만, 이를 통해 다른 장애인과 함께 회복을 꿈꾸는 병원을 만들고자 하는 부부의 숭고한 진심이 나를 포함한 많은 이들의 마음을 움직였다.

재단을 세웠지만, 당장 큰 병원을 설립할 돈은 없었다. 백이사님이 어느 날 행사장에서 만난 장애인 한 분에게 "이가 아파요. 음식을 먹을 수 있게 해주세요"라는 말을 들으셨단다. 이사님은 다음날 광화문에서부터 종로3가까지 서른두 곳의 치과를 찾아가 아내가 중증장애인인데 진료를 받을 수 있느냐고 물었지만 모두 거절했다고 한다. 의료 사고가 발생할까 걱정된다, 장애인은 비싼 치과 치료비를 지불할 능력이 없다, 장애인 진료는 오래 걸려서 다른 환자들이 싫어한다 등의 이유를 들었단다. 동네 치과는 보통 2, 3층에 위치해서 휠체어를 이용하는 장애인은 접근하기도 어렵다. 그래서 당시 사무실 옆 건물 1층을 빌려 2007년 여름 장애인 전문 푸르메나눔치과를 열었다. 이사님의 친구인 서울대학교 치의학대학원 장경수 교수님과 제자 및 후배들이 자원봉사 의사로 나섰다. 그후 뇌성마비 어린이를 위한 한방 재활 센터도 열었다. 처음에는 목도 못 가누던 아이가 1년 반 동안 치료받고 걷게 되어 감격한 아이와 어머니의 모습을 보며 재활병원 건립의 시급성을 절감했다고 한다.

어떠한 이유로 장애가 생겼든 조기에 발견해 빨리 집중 치료하면 학교에도 다닐 수 있고 사회생활도 할 수 있다. 하지만 시기를 놓쳐서 평생 장애인으로 살아가면 장애 정도는 갈수록 심해져 조기에 치료하는 데 드는 비용보다 세 배 이상의 비용이 치료비와 생활 지원비로 든다고 한다.

전국에 장애를 가진 어린이가 30만 명 정도, 입원 치료가 필요한 아이들이 10만 명 정도로 추산된다. 부모는 아이를 치료하기 위해 이 병원 저 병원으로 전국을 옮겨다닌다. 아이들은 병원을 오가느라 학업을 이어가기가 어렵고, 보호자들은 직업을 갖기가 힘들어서 '재활난민'이라는 말까지 생겼다. 이들이 빈곤층으로 전락할 위험도 매우 높다. 사실 어린이 재활은 보건복지부나 지자체가 나서야 하는 일이라 지원을 요청해도 "선례가 없다"거나 "특정 재단만 지원하면 형평성에 어긋난다"며 거절당했다. 그래도 이사님은 끊임없이 문을 두드렸다. 결국 재단 설립 12년 만인 2016년, 초등학생부터 각계각층의 인사들, 넥슨을 비롯해 500여 개 기업 및 단체가 모금하고 마포구에서 부지를 제공해줘 서울시 상암동에 한국 최초의 어린이 재활병원이 건립되었다. 현재 이곳에서 치료받는 장애 어린이가 연간 약 10만 명 이상이다.

지난 18년간 무모한 도전을 한순간도 포기하지 않았던 백경학 이사님의 노력을 잘 안다. 두 개의 책상이 놓여 있던 자그마한 사무실도 기억한다. 모금과 직접 연결되지 않는 일도 함께하며 장애인을 위한 재활병원 건립 취지를 마음 다해 설명하던 모습도 기억한다. 어떤 형태로든 장애인들이 살아가는 데 도움될 일에 늘 열심이셨다. 세상사 알 만한 사람들은 듣고 어이없어할 정도로 무모한 그 일을 결국 해내셨다. 푸르메 재활병원이 좋은 모델이 되어 이제 국가에서 전국 권역별로 어린이 재활병원 설립을 진행하고 있다.

백경학 이사님은 어린이 재활병원을 짓자마자 또다른 도전을 시작했다. 재활치료를 잘 받고 청년으로 성장한 이들이 자립의 희망을 키울 수 있게 좋은 일자리를 만들고 계신다. 첨단 IT기술과 작물 재배를 결합한 차세대 농업 모델인 스마트팜이다. 생산성도 높고 관리도 쉬워서 최근 크게 주목받는 산업이다. 이사님은 세계적인 농업 강국 네덜란드의 스마트팜과 케어팜(돌봄이 필요한 사람들이 일하면서 재활하는 농장)을 꼼꼼하게 살피고 배워와 전문지식을 보유한 여러 기관과 협의하며 탄탄히 준비했다. 2020년 연말 푸르메 여주팜을 열었다. 발달장애 청년에게 첨단 스마트팜을 기반으로 양질의 일자리를 제공하는 국내 최초의 농장이다. (이사님은 주로 '국내 최초'가 붙는 일을 하신다.) 현재 발달장애를 가진 청년 38명이 정직원으로 첨단 유리 온실에서 방울토마토 농사를 지으며 최저임금보다 높게, 한 달에 100만 원(하루 네 시간 근무 기준) 정도의 월급을 받고 있다. 백이사님의 진심이 통해서 국내 딱 두 개 농장에서만 생산된다는 맛있는 희귀 품종 방울토마토의 종자를 받아 키우고 있다. 직원들은 풍성한 수확의 즐거움을 느끼며 '일다운 일'을 하고 있다. 직업전문교육을 받고도 취업을 못한 채 복지관이나 가정에 머무는 발달장애인이 90퍼센트에 이른다. 이들이 고용이 안정된 직장에 취업하여 일을 지속하는 것은 개인과 가족뿐 아니라 사회에도 매우 큰 의미가 있다.

얼마 전 백경학 이사님을 만나서 이런저런 이야기를 나누다가 처음 뵈었을 때의 이사님이 지금 내 나이 즈음이셨다는 사실을 깨닫고 충격을 받았다. 그때 이사님을 보며 '어른이시다' 했었는데, 지금 내 모습을 보니 내가 더 나이든다고 해서 절대 이사님처럼 되지는 않겠구나 싶었다. 이사님을 만나고 18년이 흐르는 시간 동안 푸르메재단은 크게 성장했다. 그런데 이사님은 한결같다. 느린 말씨도, 허허 사람 좋은 웃음소리도, (직원분들에게는 약간 호랑이일 것도 같지만) 일이 성사가 되든 안 되든 불평이나 서운한 말 한 번 않고, 모든 만남을 소중히 여기며 사람의 작은 마음을 가벼이 여기지 않는 성품도 그대로다. 그동안 내 강연을 정말 많이 들으셨는데, 그때마다 황혜경님의 휠체어를 밀고 함께 중간 즈음 앉으셔서 연신 눈물을 닦으시는 그 모습도 한결같으시다. 그 나이쯤 되고 재단도 이만큼 성장했으면, 앞에 나서서 목소리도 내고 얼굴도 드러내고 싶을 듯도 싶은데 이사님은 전혀 그렇지 않다.

정호승 시인의 「시각장애인 야구」라는 시에는 이런 구

절이 있다. "희망을 막는 수비는 없다."* 푸르메재단의 시작부터 지켜봐온 증인으로서 푸르메재단과 백경학 이사님이 걸어온 길을 보면 그 말이 적격이다. 아무도 하지 않은 일이어서 무모해 보였지만 진심은 통했고, 그래서 최초의 일들을 할 수 있었다. 장애인이 온전한 자립을 꿈꿀 수 있는 아름다운 세상을 만들고 싶다는 희망, 그 희망을 막는 수비는 없으리라 확신한다.

* 정호승, 『나는 희망을 거절한다』, 창비, 2017.

7시간 22분 26초의
싸움

»

"지선씨, 힘들면 10킬로미터만 갔다가 지하철 타고 와요."

2009년 11월 1일, 뉴욕마라톤대회 출발을 앞두고 백경학 이사님이 이렇게 말씀하셨다. 국내 최초의 어린이 재활병원을 설립하겠다는 푸르메재단의 목표를 알리기 위해 네 명의 장애인 마라토너와 또 마침 뉴욕에서 대학원을 다니던 나 그리고 도우미 두 명이 함께 마라톤대회에 참가했다. 운동을 공부보다 열 배는 더 힘들어하고 싫어하는 내가, 시간 나면 주로 누워서 지내는 내가 같이 뛰자는 제안을 받고 망설임 없이 그러겠다고 대답했던 건 몇 년 전 보스턴마라톤대회를 구경하며 감동한 기억 때문이었다. 뭘 모르면 용감해진다고, 구경만 해본 사람은 용감했다.

마라톤대회 날짜가 다가오니 주변에서 자꾸 훈련은 하고 있느냐고 물었다. '훈련? 그런 거 해야 하는 거였어?' 나는 마라톤 풀코스를 도전하려면 길게는 몇 년 동안 체계적으로 준비한다는 걸 대회 일주일 전에야 알았다. 보통은 얼마간 준비해서 10킬로미터에 도전하고 그다음에는 하프마라톤을 뛰고 그렇게 점점 거리를 늘리며 몸을 단련해 풀코스에 도전한다고 했다. 그래서 얼마나 뛸 수 있는지라도 가늠해보려고 센트럴파크에 가서 뛰었다.

웬만해선 뛰지 않던 사람이 가볍게 조깅하는 사람들 속도에 맞춰서 뛰어보니 심장이 터질 것 같았다. 그래도 한 시간 남짓 주로 걷고, 아주 잠깐씩 뛰어보니 나도 8킬로미터는 갈 수 있었다. 8 곱하기 5는 40이라는 연산식이 결론으로 나왔다. '오늘 걷고 뛴 거리의 다섯 배만 가면 40킬로미터니까 대략 대여섯 시간 정도면 나도 완주하겠다'는 허무맹랑한 결론에 다다랐다. 다시 한번 뭘 모르니 용감해지는 순간이었다. 그리고 평소처럼 짬이 나면 주로 누워 지내며 마라톤대회 날을 기다렸다.

마라톤대회 전날, 한국에서 도착한 장애인 마라토너들을 만났다. 청각장애, 시각장애를 가진 분도 계셨고 휠체어로 마라톤에 참가하는 분도 계셨다. 그리고 나와 중환자실에서 함께 생사의 고비를 넘겼던 김황태 오빠도 있었다. 24시간 누워서 지냈기에 서로 얼굴을 제대로 마주한 적도 없지만 내 작은 목소리가 들리면 나를 대신해 큰 소리로 간호사님을 불러주던, 전쟁터 같던 중환자실에서 함께 살아서 나온 전우 같은 분이었다. 오빠는 감전사고로 양팔을 모두 잃었지만 퇴원 후 건강한 두 다리로 마라톤을 시작해 세 시간 안에 마라톤을 완주하는 서브스리도 달성한 진짜 마라토너다.

모두가 함께 버스를 타고 내일 직접 밟을 마라톤코스를 구경했다. 맨해튼 제일 남쪽인 월스트리트 근처에서 페리를 타고 자유의여신상을 지나면 나타나는 스태튼아일랜드에서 시작해 브루클린, 퀸스, 브롱크스를 지나 (뉴욕시의 모든 행정구역을 통과해서) 맨해튼 중심에 자리한 센트럴파크에서 42.195킬로미터의 레이스를 마친다. 42.195킬로미터는 버스를 타고 가도 정말 멀었다. 서울 여의도 63빌딩에서 출발해서 한강을 따라 잠실 종합운동장까지의 거리를 왔다갔다하고도 또 한 번을 더 가야 하는 거리였다.

그제서야 현실 파악이 됐다. 8킬로미터를 걸어본 것이 전부인 나에게는 죽었다 깨어나도 가지 못할 것 같은 거리였다. 게다가 마라톤 고수들의 생생한 경험담까지 들으니 '난 안 되겠다'는 생각이 더 강해졌다. 그래서 일찌감치 내가 대회를 위해서 챙겨야 할 것은 지하철 교통카드라는 생각이 들었다.

드디어 마라톤대회 날. 새벽부터 세계 각국의 마라톤 마니아 4만 명이 모였다. 뉴욕마라톤대회는 우승자에게 거액의 상금을 주는 세계 최대 규모의 마라톤대회다. 각종 자선 단체에서 기부금 모금을 위해 참가하는데 우리가 참가했던 해에는 영화 〈슈퍼맨〉으로 유명한 배우 크리스토퍼 리브의 아들 매슈 리브가 120만 명의 미국 척추장애인을 위해 달렸다. 영화 〈프라이멀 피어〉로 유명한 영화배우 에드워드 노턴은 아프리카 마사이 야생 보호 재단을 위해 달린다고 했다.

'운동을 즐기는 사람이 세상에 이렇게 많구나' 하며 엄청난 인파에도 놀랐지만 인간의 한계를 시험한다는 마라톤을 축제처럼 즐기는 사람들의 모습은 그간 운동과 담을 쌓고 살던 내게 별세계처럼 신기했다. 나는 결승점에서는 못 만날 것을 알았기에 출발점에서 최대한 힘차게 파이팅하며 단체사진을 찍었고 주머니에 지하철 교통카드가 잘 들어 있는지 거듭 확인했다. 워낙 많은 사람들이 모였기에 그룹별로 시간차를 두고 출발하는데 출발을 알리는 소리가 들리면서 분위기는 점점 고조됐다. 나 역시 자꾸만 운동화 끈을 고쳐 매며 긴장했다.

뉴욕마라톤대회는 스태튼아일랜드와 브루클린을 잇는 베라자노내로스교를 건너면서 시작되는데, 아차차, 처음부터 너무 오르막길이었다. 처음에는 일행과 나란히 걸었는데 이름도 긴 베라자노내로스교를 반도 못 지나 점점 힘이 부치고 호흡이 가빠졌다. 내게 보폭을 맞추려는 황태 오빠에게 너무 미안했다. 오빠는 끝까지 페이스메이커를 해주겠다고 말했지만, 언제 또 뉴욕마라톤대회를 달릴 기회가 올지 모르니 오빠가 자기 실력대로 달려서 기록을 냈으면 했다. 오빠는 계속 사양하다가 나의 진심을 알고 따로 뛰기로 했다. 그리고 헤어지기 직전 오빠는 내내 잊히지 않을 한마디를 건넸다.

"지선아! 중환자실에 있었던 때를 생각하며 달려! 그때

만큼 힘들지는 않을 거야!"

일행을 먼저 보내고 겨우 다리를 건너 브루클린에 도착하니 길가에 응원하러 나온 시민과 밴드의 연주 때문에 한바탕 축제 분위기였다. 생판 모르는 사람들을 향해 시민들은 박수로 계속 잘 뛰라고 응원을 보냈다. 나름대로 마라톤대회 참가자 번호를 달고 길 안쪽에 선 내가 그런 박수 소리를 들으며 동네 산책 나온 듯이 마냥 걸을 수는 없는 노릇이었다. 그렇게 걷다 뛰다를 반복하며 어느새 10킬로미터, 15킬로미터 지점도 통과했다. 동네가 바뀌니 응원하는 분위기도 확연히 달라져서 그걸 구경하는 재미도 있었다. 흑인과 멕시코인, 유대인 등 다양한 민족이 건네는 각양각색의 응원을 받으면서 뉴욕이라는 도시가 정말 여러 색깔을 가졌구나 새삼 느꼈다.

21킬로미터 지점에 다다랐다. '내가 하프마라톤을 해내다니!' 스스로에게 놀라고 감격했다. 사람들이 맨해튼 시내로 들어가면 거기서는 축제가 벌어진다고, 응원이 진짜 구경할 만하다고 해서 귀가 팔랑거렸다. 게다가 지하철역도 보이지 않아서 '이왕 이렇게 된 거 맨해튼에서 응원 구경도 하고 거기서 지하철 타고 집에 가야겠다' 하고 퀸스버

러교를 건너 맨해튼으로 향했다. 이미 몸은 지칠 대로 지쳐 있었다. 처음에는 발목만 아팠는데, 통증은 무릎으로 고관절로 번졌다. 걸을 때마다 다리가 튕겨져나갈 것 같아서 고관절 쪽을 잡고 걷기도 했다. 힘들 때마다 황태 오빠의 말이 생각났다. 지금 이 고통이 중환자실에서 겪은 고통보다 더 힘든가. 대답은 '아니오'였다. 그래서 또 걸었다.

가까스로 맨해튼에 들어오니 다리를 절뚝거렸다. 너무 힘이 들어 나도 모르게 눈물이 흘렀다. 그만 자리에 주저앉았는데 지나가던 분이 바나나를 건네주며 힘내라고 어깨를 토닥여줬다. 그거 먹고 힘을 내어 또 몇 발자국을 뗐다. 내 옷에 붙은 작은 태극기를 보고는 누가 "고 코리아!^{Go Korea!}"라고 외쳤다. 어쩌겠는가. 이번엔 또 나라 생각해서 일어나서 또 몇 걸음 더 갔다. 속도는 점점 더욱 느려졌고, 너무 힘들었다.

그런데 정말 참 이상하게도 그만둘 수가 없었다. 사람들이 왜 인생을 마라톤과 비유했는지 그때 알 것 같았다. 너무 힘든데, 죽을 것 같은데 어디서 그만두어야 할지 잘 모르겠다는 게 너무도 닮았다. 도대체 그만해도 되는 지점이 25킬로미터인지, 26킬로미터인지 마음의 결정이 나지 않왔다. 누구 하나 "이만하면 됐어" "그만해도 괜찮아"라고 말해주는 사람도 없었다. 아직도 10킬로미터 넘게 더 가야 하는 걸 뻔히 아는데도 "거의 다 왔어요!"라고 그짓말(!)을 하는 사람만 드글드글했다(심지어 자기는 뛰지도 않으면서!). 21킬로미터 지점 부근부터 귀에 못이 박히도록 거의 다 왔다는 말을 듣다보니 꼭 병원에서 의사 선생님이 아파하는 내게 "거의 다 끝났어요"라고 하시며 치료를 계속하던 일과 참 비슷하다는 생각이 들었다. 어디서 그만둘지 결정이 나질 않으니 다음 발걸음이 떼어지지 않을 때까지 걷자고 생각했다. 거짓말에 가까운 희망에 기대어 또 한번 발걸음을 다시 떼며 조금만 더 가보자고 나를 다독였다.

가을 저녁은 빠르게 찾아왔다. 해가 넘어가자 길에서 응원하는 사람도 거의 없고 중간중간 경찰들만 한 명씩 서 있었다. 나는 거의 마지막 그룹에서조차 자꾸 뒤처졌다. 체온도 떨어지고 이제 정말 그만두어야 할 때라는 게 온몸으로 느껴졌다.

그런데 그때 평생 잊을 수 없는 한 분을 만났다. 어떤 여자분이 센트럴파크 북쪽 입구에 '이지선 파이팅! 푸르메재단 파이팅!'이라고 쓴 노란색 피켓을 들고 계셨다. 전날 내

가 마라톤대회에 참가한다는 짧은 기사를 보고 나를 응원
해주러 왔다고 했다. 아까 25킬로미터 지점에서 나를 열심
히 불렀지만 못 듣길래 급히 응원 피켓을 만들어 35킬로미
터 지점에서 기다렸다고 하셨다. 나랑 만나기로 약속한 것
도 아니고, 이날 처음 본 사이인데 내가 35킬로미터 지점
까지 온다는 믿음 하나로 나를 응원해주려고 몇 시간을 기
다리신 것이다.

정말 고마웠다. 함께 기념사진을 찍고 감사인사를 했다.
그런데 사람이 양심이 있지 거기서 그만 두어서는 안 되는
것 아닌가. 그래서 응원해준 그분께 내가 계속 가는 모습을
보여드리려고 다시 발걸음을 뗐는데 그때부터 아주 놀라
운 경험이 시작됐다. 힘들어서 질질 끌고 오다시피 했던 다
리에 새로운 힘이 생겨 다리가 쭉쭉 뻗었다. 응원의 힘이란
놀라웠다. 없던 힘이 생기는 아주 엄청나고도 실제적인 도
움을 주었다. 남은 7킬로미터를 열심히 걸어가며 한 가지
생각만 했다.

'나도 저분처럼 살아야지! 인생의 마라톤에서 지친 사람
들에게 힘내라고 응원하면서 살아야지.'

결국 그 대단한 응원의 힘으로, 7시간 22분 26초라는 기

록으로 마라톤 풀코스를 완주했다. 해가 다 져 깜깜한 밤이 되었지만 10킬로미터 정도 걸어본 게 다였던 내가 그날 아침에는 상상조차 못했던 거리의 끝에 도착했다. 결승점에서 기다리던 백경학 이사님이 주신 태극기를 받아들고 흔들며 마치 계속 뛰어온 사람처럼 골인했다. 그때 찍힌 사진을 보면 일등보다 더 기쁜 표정이다. 꼴찌나 다름없었지만 솔직히 일등도 나만큼 기뻤을 것 같지 않다.

7시간 22분 동안 벌인 나 자신과의 싸움. 불가능해 보였지만 결국 해냈다.

포기하지 않으면
기적이 일어납니다

»

죽었다 깨도 마라톤 완주는 불가능할 것이라고 생각했던 내가 42.195킬로미터를 걸을 수 있었던 이유는 세 가지다.

첫번째 이유는 사실 그동안 어디 내놓고 얘기하지 못했다. 마라톤대회 전날 아침, 마라톤 참가자들이 모여서 맨해튼 시내를 가볍게 달리는 프렌드십 펀런^{Friendship Fun Run} 행사가 있었다. 그런데 그 아침에 알람 소리를 못 듣고 (아마 잠결에 가볍게 끄고) 푹 잤다. 그러다 행사 시작 시간이 다 되었는데도 내가 안 보이자 어디까지 왔는지 확인하려고 백경학 이사님이 전화하셔서 그 소리에 깼다. 평계를 대자면, 그때 나는 박사과정에 지원하려고 GRE시험을 준비중이었다. 일주일 뒤가 시험이라 지금은 생각도 안 나는 영어 단어들을 달달 외우느라 밤늦게야 잠이 들었다. 이사님 전화에 놀라서 세수만 하고 후다닥 뛰어나갔지만 이미 펀런 행사는 끝난 후였다.

　이사님은 많이 실망하셨다. 재단을 설립하기 전까지 평생 기자생활을 하셨던 이사님은 언론의 생리를 너무도 잘 아셨다. 마라톤이 끝난 후에는 큰 기록을 세운 사람들이 기삿거리가 되기 때문에, 재단 홍보대사인 나와 장애인 마라토너들이 국제 마라톤대회에 참가한다는 내용은 대회 하루 전날에나 기삿거리로 다뤄졌다. 그러니 마라톤대회 당일 사진보다는 전날 다 같이 펀런 행사에 참가해서 함께 사진을 찍는 게 더 중요했다. 홍보력을 총동원해서 미국 특파원들과 기자분들을 펀런 행사에 불렀는데 정작 홍보대사가 빠지다니. 그것도 늦잠을 자다가. 결국 늦게 도착한 나를 데리고 맨해튼의 어느 휑한 골목에서 혼자 뛰는 모습을 연출해 찍긴 했지만 쌩뚱맞은 그 그림이 제대로 기사화될 리 없었다. 마라톤대회 참가금을 지원해줄 기업을 섭외하고 마라토너들을 선발해 몇 개월간 준비하고 열여섯 시간 동안 비행기를 타고 오신 이사님. 게다가 재단 시작 단

계인 2004년부터 얼마나 성실히 열정을 다하셨는지 알기에 더이상 실망시키고 싶지 않았다.

그렇다. 솔직히 이사님께 미안해서 더 뛰었다. 나에게 10킬로미터만 뛰고 오라고 말씀하셨지만 그 말을 따를 수가 없었다. 그동안의 노고를 격려해드리기 위해, 홍보대사라면서 딱히 해드린 일도 없는데 이거라도 해드리자 싶어서 중간에 그만둘 수 없었다.

이사님은 그날 우리 부모님께 전화를 걸어 "지선씨가 일곱 시간째 뛰고 있어요!" 하며 우셨다고 한다. (정작 새벽에 주무시다 전화를 받고 깬 엄마는 "아니 걔가 왜 그런대요?" 하며 어리둥절해하셨단다.) 무언가 해드리고 싶었던 내 바람대로 '이식한 피부에는 땀이 나지 않아 체온 조절이 어려운 화상 경험자인 이지선이 7시간 22분을 걸어서 뉴욕마라톤을 완주했다'는 소식은 다행히 꽤 큰 기삿거리가 되었다. 처음으로 홍보대사로서 한몫해드린 것 같아 정말 기뻤다.

완주에 성공한 두번째 이유는 애시당초 42.195킬로미터를 완주하겠다고 덤비지 않았기 때문이다. 마라톤 시작 전 인터뷰를 할 때는 "걸어서라도 완주하겠다"고 포부를 밝혔지만 그러면서도 주머니에 든 지하철 교통카드를 계속 확인했던 건, 생존을 위해서만 움직여왔던 내 다리에는 그만한 능력이 없다는 걸 누구보다 잘 알아서였다. 그래서 정말로 10킬로미터만 걸어가고 지하철을 타려고 했다.

그런데 10킬로미터 지점을 지났는데 그만둘 정도로 힘들지는 않았다. '그럼 15킬로미터 지점까지 가볼까?' 15킬로미터 지점까지 가니 그렇게 죽을 것처럼 힘들지는 않았다. '이제 5킬로미터만 더 가면 하프 지점인데 조금만 더 가볼까?' 그렇게 한 블록을 뛰고 두 블록은 걸으며 사람 구경도 하며, 뉴욕 동네를 이곳저곳 구경하다보니 하프 지점이었다. 그다음엔 지하철 타러 맨해튼까지, 그다음엔 우리 교회까지, 그다음엔 '어디서 그만둘지 결정이 안 나니 조금만 더 가면서 생각해보자……' 그렇게 결국 끝까지 갔다. 처음부터 42.195킬로미터라는 멀고먼 목표를 세운 게 아니라 '하프 지점까지만' '맨해튼까지만'…… '1마일만 더 가보자!' 그렇게 끝까지 갔다. 눈앞에 당근을 매달고 걷는 말처럼 말이다. 처음부터 너무 멀고먼 미래, 사람들이 무모하다고 말하는 목표를 세우면 앞으로 가야 할 거리에 압도되어 시작부터 지친다.

마라톤에 참가했을 때 나는 석사과정중이었다. 석사과

정을 시작한 지 얼마 안 되어 박사과정생인 한국인 선배를 만났는데 그때 그 선배를 롤모델로 삼아 꿈을 키우기보다 근심만 키웠다. '나는 언제 석사 공부하면서 인턴십 마무리하지?' '나는 저 선배처럼 영어도 못 하는데 어떻게 GRE를 준비하고, 지원서, 학업계획서는 또 어떻게 쓰지?' '박사과정 합격이 된다 한들 수업을 따라갈 수 있을까? 논문은 어떻게 쓰지?' 등등. 박사과정 지원서도 안 썼는데 박사 졸업까지 걱정하며 김칫국을 사발로 들이켜면서 앞으로 가야 할 길에 완전히 짓눌려 지냈다.

마라톤을 완주하고 나니 '장거리도 단거리 목표를 여러 번 세워서 가면 되겠구나' 하고 깨달았다. 손에 잡힐 만한 목표를 앞에 두었기에 '못 할 것 같아'가 아니라 '할 수 있을 것 같은데?'라고 생각하며 걸을 수 있었다. 그랬던 것처럼 인생을 살면서도 달성할 수 있을 만한 목표를 여러 번 세우며 그곳을 향해 가기로 마음을 고쳐먹었다. 그렇게 작은 목표를 세우고 달성하며 석사도 박사도 마무리할 수 있었다.

완주할 수 있었던 세번째 이유는 더 단순하다. 그만두지 않았기 때문이다. 힘들 때마다 중환자실에 있을 때보다는 덜 힘들 거라는 김황태 오빠의 말을 떠올렸다. 사실 하프 지점을 통과할 때 이미 내 다리는 내 다리가 아니었다. 절뚝거리다가 주저앉았다가, 걷기만 하는데도 숨이 차고, 다리를 질질 끌면서 눈물이 줄줄 흐르는, 더 가면 정말 죽을 것 같던 고비는 여러 차례 있었다. 하지만 끝까지 왔는데도 죽지 않았다. 잘 살아 있었다. 더 가면 죽을 것 같다는 '생각'이 드는 것이지 더 가더라도 진짜 죽는 것은 아니었다. 죽을 것 같은 두려움이 나를 사로잡은 것이지 결코 그 길이 나를 죽이지는 않았다. 내가 그만두지만 않으면 그 레이스는 계속됐다. 가야 할 길은 42킬로미터인데 내딛는 한 걸음은 50센티미터 남짓. 한 걸음은 참 보잘것없고 무의미해 보이기까지 한다. 그런데 한 발 내딛고 그다음 발걸음을 내딛는 일. 이 무의미해 보이는 반복을 멈추지 않았기 때문에 결국 끝까지 갈 수 있었다.

우리 모두는 인생이라는 마라톤을 달리는 중이다. 어느 만큼 왔는지, 또 얼마나 더 가야 하는지 알 수 없어서 어쩌면 더 어려운 마라톤이다. 때로 죽을 것 같은 고비를 만나기도 한다. 한 번 고비를 지나왔다고 해서 이런 고비가 다시 오지 않는다는 보장도 없는, 그런 마라톤이 인생이다.

그렇지만 중간에 그만두지만 않으면 좋겠다. 좀 힘들면 쉬어도 가고, '꼴찌면 어때' 하는 마음으로 한 걸음, 또 그다음 발걸음을 내디디면 좋겠다. 하루를 살고 또 하루를 살아내면 50센티미터만큼 쌓인다. 하루를 보내는 게 아니라 하루는 쌓이는 것임을 기억하면 좋겠다. 그래서 언젠가 이 길 끝에서, 힘들었지만 그래도 내 생명에 책임을 다 했다고, 내 사명을 다했노라고, 적어도 그 끝을 내가 정하지 않았다고, 우리 모두 승리의 깃발을 흔들며 마지막 결승점을 통과하기를 바란다.

이 글을 읽는 분 중에 지금 죽을 것 같은 고비를 만난 분이 계실 수도 있다. 뉴욕마라톤대회 35킬로미터 지점에서 노란 피켓을 들고 나를 응원해주셨던 분과 같은 마음으로 나도 여러분 인생의 마라톤을 응원하고 싶다. 그날 아침만 해도 8킬로미터가 최대 거리였던 나에게 42.195킬로미터는 기적과 같은 거리였다. 하지만 포기하지 않으니 기적은 일어났다. 우리 모두의 인생에 그렇게 고비를 넘기고 포기하지 않기에 계속되는 기적이 일어나길 응원한다.

우리,
함께한다면
»

뉴욕에서 얼떨결에 첫 마라톤을 완주하고 나서 엄청난 근육통에 시달렸다. 하지만 근육통은 몇 주 후 사라졌고, 첫 마라톤을 완주했다는 감격과 기쁨은 날이 갈수록 짙어졌다. 그 성취감에 취해 4개월 뒤, 두번째 마라톤에 도전했다. 첫 마라톤을 푸르메재단 홍보대사로서 뛰긴 했지만, 나조차 완주를 기대하지 못했기에 내가 왜 뛰는지 제대로 알리지 못했다. 그래서 두번째 마라톤은 좀더 준비를 하기로 했다. 푸르메재단에서 장애를 가진 어린이들을 위해 짓는 국내 최초의 재활병원 건립비 모금을 위해 백 명의 기부자부터 모으기로 했다.

우선 지인들께 이메일을 보내고, 개인 홈페이지에 글을 올렸다. 푸르메재단이 무슨 일을 하는 곳인지, 내가 왜 뛰는지를 설명하고 재활병원 건립 기금을 모아주십사 적극적으로 '영업'했다. 후원해주시면 후원자 백 명의 이름을 내 등뒤에 써서 기부자의 마음과 함께 달리겠다고 약속했다. 친구들과 언니 오빠들, 강연을 갔던 도시에서 겨우 한 번 뵈었지만 참 좋은 인상으로 남았던 분들, 오랫동안 연락을 못 했던 분들에게까지 메일을 써서 백 명의 기부자를 모았다. 뉴욕마라톤에서 보니 사람들이 등뒤에 왜 달리는지를 적어서 알리던데 그게 참 인상적이었다. 그래서 이번엔 티셔츠에 후원자의 이름을 모두 적어넣기로 했다. 그분들의 이름을 적은 옷을 입고 나까지 백한 명의 이름을 걸고 달리기로 했다.

서울에서 열리는 마라톤이었기 때문에 그동안 나의 눈물겨운 마라톤 완주 스토리를 듣고 영업당한 오빠와 사촌동생, 교회 동생 현영이와 혜진이, 그때만 해도 마라톤 풀코스 도전이 처음이던 은총이 아빠(여섯 가지의 희귀 난치병을 갖고 태어난 아들 은총이를 위해, 은총이와 함께 철인 3종 경기에 도전하는 아빠) 박지훈님까지 함께 달리기로 신청했다.

나름대로 마라톤 유경험자인 나는 이러저러한 팁을 동행들에게 알려주며 일요일 새벽 텅 빈 지하철을 타고 전쟁터에 나가는 군인처럼 비장하게 마라톤 출발점인 광화문으로 향했다. 광화문역에 가까워질수록 지하철 안에는 우리와 비슷한 복장을 하고 운동화를 신은 사람들이 많아졌다. 광화문광장은 2만 명의 참가자와 방송국 카메라와 기자들로 꽉 들어찼다.

푸르메재단을 위해서 뛰는 우리는 사진부터 다 찍고 긴 현수막까지 함께 들고 걸으면서 가장 마지막에 출발했다. 며칠 전부터 컨디션이 좋지 않았던 나는 먼저 뛸 사람들을 앞서 보내고, 계속 뒤처져 걸었다. 통증을 도저히 참을 수가 없어서 오빠가 약국에서 사다 준 진통제를 먹으면서 어디까지 뛰어야 할지 심각하게 고민했다. 하지만 그런 나를 둘러싸고 오빠와 사촌동생 둘, 재단 간사님 두 분이 함께 뛰는 상황이라 쉽사리 그만두겠다는 말이 안 나왔다. 게다가 원래 예정엔 없었는데, 어쩌다보니 당시 문화체육관광부 장관이었던 유인촌 전 장관님도 함께였다. 장관님은 "중간에 그만두면 푸르메 재활병원도 못 짓는 거야"라고 포기하면 안 된다고 압박 아닌 압박을 하며 우리를 계

속 격려하셨다. 게다가 장관님의 보좌관님은 서울국제마
라톤만 예닐곱 번 완주한 베테랑 마라토너라, 한 번 걷기
시작하면 다시 뛰기가 어렵다면서 제자리걸음이라도 뛰어
야 한다고 옆에서 계속 자세를 알려주며 조언해주셨다. 아
마도 다 같이 그만두자고 모의라도 했더라면 일찌감치 그
만두었을 텐데, 어느 누구도 그 말을 꺼내지 않았다. 아니
그러지 못했다. 옆에서 함께 뛰는 서로의 존재 때문에 차
마 그만두겠다는 말을 꺼낼 수가 없었다. (진통제 투혼으로
뛰는 나를 오빠라도 나서서 말렸어야 했는데 이상하게 오빠도
그러지 않았다.)

　나 때문에 계속 뒤처지다보니 하프 지점 즈음부터는 교
통 통제가 완전히 풀려서 인도로 가야 했다. 평탄한 차도
가 아니라 인도를 오르내리자 발과 무릎의 통증은 더 심해
졌다. 원래 마라톤 주최측 버스가 뒤따라가다가 교통 통제
가 풀리는 시점에 뒤처진 사람들을 차에 태우는데, 우리는
그보다도 훨씬 뒤에서 달렸기 때문에 강제 수거(?)도 못
당했다. 마라톤 행사 지원도 끝나서 급수대도 철수해 편의
점에 들어가 물을 사다 마시고 장관님을 알아본 시민들 덕
에 가게 화장실도 이용하고, 물도 얻어 마시면서 마라톤을

계속했다.

우리가 뛰는 지점은 이미 마라톤 행사가 끝났기에 그만둘 명분은 분명했다. 그렇지만 그만두지 못했던 이유도 너무 강력했다. 처음에만 찍고 갈 줄 알았던 방송사 카메라들이 계속 따라붙는 것이다. 카메라 있는 곳까지만 뛰자 싶어서 힘을 다해 가면 "야야야, 뒷모습도 찍는다, 계속 뛰어!" 이런 소리가 들려서 어쩔 수 없이 계속 달려야 했다.

어차피 마라톤 코스 표시도 없으니 지름길로 가로질러 가고 싶다는 엄청난 유혹이 생겼다. 경력 많은 보좌관님이 그런 식으로 마라톤을 마치면 나중에 분명 후회할 거라며 정확한 코스로 계속 인도해주셨다.

잠실에 다다르자, 점심식사를 마치고 마중나온 아빠와 은총이네 식구가 보였다. 이미 몇 시간 전에 마라톤 행사는 다 끝나서 골인 지점인 잠실 주경기장에는 재단 식구들과 우리 가족을 포함해서 스무 명 정도밖에 없었다. 그런데 신기하게도 이분들의 응원과 환호가 주경기장을 꽉 채운 관중의 함성처럼 크게 들렸다. 그 어마어마한 함성을 들으며 마지막 트랙 반 바퀴를 돌아서 양손을 들어 만세 포즈로 최종 지점을 통과했다.

도저히 그만두려야 그만둘 수 없는 상황에서 뛴 생애 두 번째 마라톤은 6시간 47분의 기록으로 완주했다. 뉴욕마라톤 때 기록보다 무려 40여 분을 앞당겼다. 들어오자마자 주저앉아 엎드릴 만큼 아무 힘도 남지 않았지만, 함께 뛰면 훨씬 더 쉽게, 훨씬 더 빨리 갈 수 있음을 배웠다.

친오빠 이정근, 사촌동생 김정기와 조재민, 푸르메재단의 최성환, 이웅희 간사님, 유인촌 전 장관님과 선주성 보좌관님…… 나와 함께하느라고 2010년 서울국제마라톤대회 꼴찌를 한 사람들이다. 이들 중 누구 하나라도 없었다면 완주는 불가능했을 것이다. 나보다 5미터는 앞서 뛰면서 깃발을 들고 길을 터주고 차량을 막아준 간사님들, 마라톤 코스를 알려주시고 꼼꼼히 달리는 자세를 잡아주면서 페이스 조절을 해준 보좌관님, 같이 뛰는 것만으로 큰 힘을 실어준 장관님, '누나는 이 짓을 도대체 왜 두 번씩이나 할까?' 묻지도 않고 손 시려워하는 나에게 장갑을 벗어주며 힘든 내색 한 번 없이 묵묵히 달려준 사촌동생들, 자기 몸 하나 건사하기도 힘든 마라톤을 뛰면서도 '오까'(오까가 된 이유는 다음 장에 곧 나온다) 노릇을 하느라 자기 발에 물집이 다 터졌는데도 '내 동생 멋지다' 하는 눈빛을 끊임없이 보내준 오빠. 앞에서는 이 사람들이 나를 끌어주었다. 그리고 등에 이름을 새긴 백 명의 후원자들이 나를 뒤에서 밀어주었다. 중간중간 문자메시지로 기도로 힘을 준 분들, 그리고 차마 그만둘 수 없게 지켜봐준 카메라들. '이들 덕분에' '이들 때문에' 완주할 수 있었다.

조금 더 확대 해석을 해보자면, 그날 마라톤은 우리 사회에서 사회복지가 어떻게 이루어져야 하는지를 상징했다. 약한 사람 한 명을 위해 그를 둘러싼 가족과 친구, 이웃, 민간 단체와 전문가, 그리고 언론과 정부가 함께한다면 인생이란 마라톤도 훨씬 더 수월하게 완주할 수 있음을 배웠다. 사회복지는 한 개인의 어려움이나 불행을 그 사람과 가족만의 일로 보지 않고 모두에게 주어진 인간답게 생활할 권리를 지키기 위해 사회가 함께 도움을 주고받는 과정이다. 혼자 힘으로 버티기엔 버거운 시기를 지나는 개인을 그냥 내버려두지 않고, 그를 둘러싼 크고 작은 사회가 함께할 때 모두가 완주할 수 있음을 이번 마라톤을 통해 배웠다. 혼자라면 더 빨리 갈 수도 있었겠지만, 약자를 위해 기꺼이 꼴찌를 자처한 사람들 덕분에 그날 나를 포함한 우리 모두는 더 풍성한 인간다움을 누릴 수 있었다.

그날 함께 완주할 수 있게 서로 도왔던 러닝메이트들을 기억하며, 나를 둘러싼 사람들을 내 인생의 러닝메이트로 소중히 여기며 인생을 달리고 싶다. 마라톤도 인생도 마음의 힘으로 가는 것임을, 혼자보다는 '우리, 함께' 하면 훨씬 덜 힘들고 더 빨리 갈 수 있음을 기억하며.

내겐 기댈
언덕이 있다

≫

내겐 오빠가 하나 있다. 내 이야기를 들어봤다면 기억할 수밖에 없는 사람, 사고 당시 자기 팔에 불이 옮겨붙는데도 나를 불속에서 꺼내준 생명의 은인이다. 자기는 실수한 게 하나도 없었는데도, 그 시간 그 자리에 차가 서 있었다는 사실만으로 수년간 자기 자신을 미워했던 사람이다. 내가 다 낫기 전까지는 결혼도 안 하겠다고 말했을 만큼 동생 일을 자기 일처럼 여기며 아파했던 사람이다.

이런 사실만 보면 우리가 엄청 절절하고 애틋한, 우애로운 남매간일 듯하나 항상 그랬던 건 아니다. 사고 전에도 지금도 오빠 휴대전화에 나는 '하나뿐인 내 동생'으로 저

장되어 있지만, 그 하나뿐인 동생이 오빠 차를 한 번 얻어 타려면 버스비 정도는 내라는 잔소리를 열 번은 들어야 했다. 사고 나기 몇 개월 전에는 오빠 차를 타고 가다가 갑자기 속이 울렁거려서 미처 문도 못 열고 창문 밖으로 고개를 내민 적이 있다. 그때 오빠가 내 등 쪽으로 쓱 손을 뻗길래 '오빠가 등을 두드려주나보다' 싶었는데, 그게 아니라 자기 차에 뭐라도 묻을까봐 나를 문 끝까지 쭉 민 거였다. 사고 현장에서 위험을 무릅쓰고 나를 구해주었지만 사실은 반전 있는 그런 오빠였다.

어릴 때부터 키도 크고 덩치도 있는 편이었던 오빠와 달리 나는 키도 작고 밥도 잘 먹지 않고 잔병치레도 꽤 잦았다. 그래서 세 살 터울이지만 어릴 때부터 부모님은 항상 오빠는 알아서 밥도 잘 먹고 제 할일도 잘 하는 큰아이로, 나는 애지중지 손이 많이 가는 막내로 대하셨다. 막내라면 막내답게 귀여움이나 받으면서 지낼 것이지 꼭 자기 몸무게의 두 배는 되는 오빠를 이기겠다며 덤비고 약 올리다가 일방적으로 당하기 일쑤였다. 초등학생 남자아이가 세 살 아래 여동생과 노는 게 재밌을 리 없는데 오빠 친구들이라도 놀러오면 내가 더 신나서 오빠 방에 먼저 들어가서 앉왔다가 타박만 당하고 쫓겨나곤 했다.

어쩌다 오빠가 놀아줄 때도 있었는데, 말이 놀이지 체구가 작은 나를 이용해서 좁은 공간에서 뭔가를 꺼내 오라고 하거나, 심부름을 시킨 것이었다. 초등학교(그때는 국민학교였지……)에 들어가기 전, 우리 가족은 연탄으로 난방을 하던 주택의 2층에 살았는데, 오빠가 연탄재를 버리는 일을 담당했다. 그런데 머리 좋은 오빠는 연탄재를 들고 1층까지 내려가지 않고, 2층 베란다에서 바구니에 줄을 달아 도르래 방식을 이용해 연탄재를 내렸다. 그러면 내가 1층에서 그걸 하나씩 받아서 쓰레기통에 옮겼다. 유치원생인 나는 그게 놀이인 줄 알고 열심히 옮겼더랬다.

물론 오빠가 잘해준 기억도 많다. 초등학교 1학년 때였던가. 같이 자전거를 타고 놀다가 오빠가 큰맘먹고 진짜 비싼 아이스크림콘을 사줬다. 한 손엔 아이스크림을 들고서 다른 한 손으로 자전거를 옮기다가 겨우 한 입 먹은 콘이 바닥에 떨어졌다. 얼마나 안타까웠는지 그 장면이 기억에 생생하다. 그때 오빠가 얼른 주워서 길가 난간과 가로수 나무껍질에 콘을 쓱쓱 닦아서 이제 깨끗해졌으니까 먹어도 된다며 건네줬다. 깨끗하다는 오빠 말이 몹시 의심스러웠지만 결국 맛있게 먹었던 기억도 생생하다. 엄마 말씀에 의하면 어릴 때부터 오빠가 동생을 어찌나 아꼈는지, 하굣길에 갑자기 소나기가 오는데 우산이 없자 비닐봉투를 주워 내 얼굴에 씌워서 데려왔다고 한다. 동생 숨막히면 어쩔 뻔했느냐며 오빠가 혼났다는 결말이지만 말이다. (어쩐지 오빠의 어린 시절을 폭로하는 글처럼 되어서 슬슬 수습해야겠다.)

우리 남매는 이렇게 여느 남매처럼 티격태격하며 유년 시절을 보냈다. 그래도 동생을 지키려던 오빠의 마음은 남달랐고 결국 오빠는 동생을 죽음에서 지켜주었다. 내 책을 읽은 독자들을 직접 만나서 얘기를 나누다보면 오빠는 잘 지내느냐는 질문이 빠지지 않는다. 궁금해할 분들을 위해 정보를 풀자면, 오빠는 17년 전 결혼을 했고, 현재 예쁜 딸 셋을 둔 행복한 가정의 가장이다. 하지만 여전히 꼼꼼하지도 못하고 준비성도 부족한 동생을 떼어내지 못하고 일일이 챙기며 살고 있다. 거의 매일 연락해서 잘 있는지, 별일은 없는지 확인하고, 내가 어디를 가야 할 때는 일하는 틈틈이 교통편이나 빠른 길 안내도 해주고, 자동차보험료나 세금 내는 날짜까지도 잊지 않게 챙긴다. 게다가 이사 간

집의 오래된 샤워기나 현관 열쇠를 교체하는 일까지 도맡아 해준다. 이런 얘기를 들으면 '오빠는 일을 안 하나' '직업이 변변찮나' 싶을 수도 있지만, 다방면에 능력이 좋아서 세 아이와 아내, 부모님과 동생까지 챙기면서 자기 일도 잘하며 아주 변변하게 살고 있다. (사실 이건 시댁 근처에 사는 게 좋다는, 요즘 같은 시대엔 조금 특이하고 착한 새언니 홍수경 언니 덕분이기도 하다.)

사고 후 꼭 10년이 되는 날, 오빠에게 "10년 된 소감이 어때?" 하고 물었다. 뜻밖에도 오빠는 "난 어제 일같이 생생해"라고 대답했다. 그 한마디였을 뿐인데 '오빠에겐 아직도 아프고 힘든 기억이구나' 싶었다. 오빠는 사고가 있었던 그날, 그러니까 나의 두번째 생일 아침이면 매년 생일 축하한다고 메시지와 선물을 보낸다. 정작 나는 잊고 살다가 오빠의 메시지를 받고서야 '아, 오늘이 그날이구나' 깨닫는다. 오빠는 나 대신 아픈 기억을 짊어지고 살고 있다.

오빠의 별명은 '오까'다. 일본어 아니냐고 오해도 많이 받았는데, 피부가 당겨서 입을 못 다물던 시절, 내가 비읍 발음을 할 수 없어서 오빠를 오까라고 발음해서 생긴 별명이다. 얼마 전에 알게 됐는데 일본어로 오까는 언덕이라는 뜻이란다. 일본어라고 오해받아도 괜찮을 것 같다. 내가 오빠를 오까라고 부르던 때부터 지금까지 오빠는 언덕과 같은 존재니깐. 세상에 하나뿐인 오까는 언제든 기댈 수 있는 미더운 언덕이다. 죽을 뻔했던 나를 살려주었고, 사는 동안 내내 기댈 수 있는 언덕이 내게는 있다.

사고 후 20년이 되는 날 아침, 오빠는 "힘들고 아팠던 기억보다 기대하지 못했던 좋은 일들이 많았던 것과 행복한 기억들이 점점 많아지는 것에 감사해. 스무 살 된 것 축하하고 훌륭하게 살고 있어줘서 고마워"라는 메시지와 함께 선물도 보내줬다. 그 덕에 늦잠 잔다고 엄마한테 잔소리 듣던 나를 또 한번 구해주었다.

오빠가
그랬다

»

언젠가 사고 후에 씩씩해서가 아니라 울 수조차 없어서
내 앞에서 눈물을 보이지 않았던 엄마 마음을 헤아려보며
글을 쓴 적이 있다. 그 글을 읽고 오빠가 그랬다.

"네가 병원에 있었던 그 시절, 나는 엄마 아빠만큼 나도
똑같이 마음 아팠다고 생각했거든. 그런데 결혼을 하고 자
식이 생기니까 알겠더라. 부모 마음과 오빠 마음은 전혀
다르더라고. 하연이, 하린이는 내 눈에 넣어도 진짜 안 아
플 것 같은데, 솔직히 너는 내 눈에 들어오면 따갑고 아플
것 같아."

이 말을 웃으며 주고받은 날로부터 몇 달 뒤, 오빠 부부

네 셋째 아이가 태어났다. 제왕절개 수술이라서 30분 뒤면 아기가 태어날 거라고 했는데 시간이 훌쩍 지나 연락이 없자 약간 초조해졌다. 한참 뒤에야 아기가 잘 태어났다는 짧은 문자가 도착해 안도하던 그날 밤.

오빠에게 "지금 통화 가능해?" 하는 문자가 왔다. 전화를 받자마자 들려오는 오빠의 울음소리. 왜 그러느냐고 물어도 오빠는 말을 잇지 못하고 한참을 흐느껴 울기만 했다. (그때 생각을 하면 아직도 마음이 아프다.)

오빠가 태어난 아기를 확인하러 들어갔는데 아기 몸에 왼쪽 손목부터 팔꿈치까지 아주 큰 점이 보였다. 의사 말로는 '선천성 거대 색소 모반증'이라고 했다. 오빠는 몇 시간 동안 인터넷에서 정보란 정보는 다 찾아봤다고 했다. 태아기 동안 멜라닌세포의 발달 이상으로 20센티미터가 넘는 거대한 점이 몸 여기저기에 생기는데 원인은 불분명하고 2만 명 중 한 명꼴로 생긴다고 했다. 이런 피부는 정상적인 피부보다 두껍고 울퉁불퉁하고 털이 길게 자라기도 하고, 그중 일부는 악성종양으로 변해서 피부 이식술이나 레이저 박피술로 제거하는 수밖에 없다고 했다.

유전적인 이유도, 환경의 영향도 아니라는데 오빠는 자

기 때문인 것 같다며 자책했다. 계획했던 아이가 아니어서 임신 소식을 알게 됐을 때 처음에는 당황해서 반기지 못했던 것이 내내 마음에 걸렸다고 했다. (아이에게 이유를 알 수 없는 좋지 않은 일이 생겼을 때, 이성적으로 인과관계가 전혀 성립될 수 없음에도 자기 탓을 하는 게 부모 마음인 것 같다.)

나는 몸의 상처가, 오빠는 마음의 상처가 많은 사람이었다. 나는 하나님을 만나고 회복되었지만 오빠는 회복되어가는 내 모습을 지켜보며 마음의 위로를 얻었을 뿐, 다 아물지 않은 상처를 그냥 덮고 사는 사람처럼 보였다. 그런데 이런 일이 오빠에게 또 일어나다니 견딜 수 없이 괴로웠다. 우리 힘으로는 통제할 수 없는 일이 또 생긴 것이다. 하나님이 야속했다.

오빠는 태어난 지 일주일도 안 된 신생아를 데리고 거대색소 모반증을 수술로 혹은 레이저 시술로 없앨 수 있다는 의사들을 찾아 나섰다. 큰 병원, 작은 병원 따지지 않고 여기저기 다니다가 아기가 갑상선에도 이상이 있는 것 같다는 소견을 들었다. 어쩌면 아기에게 갑상선이 없을 수도 있고 그러면 발달에 문제가 생기거나 평생 약을 먹어야 할 수도 있다고 했다. 그때부터는 팔에 있는 점은 걱정거리도 아니게 되었다.

가족들이 폭풍우 속에 갇힌 것 같은 시간을 한 달 정도 보냈을까. 방학이 되어 미국에서 한국으로 돌아와 가족들을 만났다. 다이어트 방법 중에서 가장 효과가 좋다는 마음고생 다이어트를 해서인지 오빠는 홀쭉해져 있었다. 강연 때문에 지방에 가야 했던 어느 날, 운전을 해주겠다며 오빠가 함께 나섰다. 단둘이 있는 자리에서 오빠는 지난 한 달간 짐작만 했던 마음속 이야기를 꺼냈다.

아기가 태어난 후 맞은 첫 일요일. 교회에 간 오빠는 울음이 터져나와 고개를 들지 못했다. 가정도 직장도 모두 별일 없이, 그저 다 내가 열심히 하면 잘 굴러가는 인생이라고 여겼기에 예배 때도 몸만 앉아 있을 뿐 마음은 없은 지 꽤 오래됐었다. 가족이 모두 교회를 다니니까 어쩔 수 없이 가는 날도 있었고 그래서 졸기도 많이 했다. 그런데, 이제는 그럴 수 없었다. 여기 말고는 기댈 데가 없었다. 힘든 일이 생기면 속수무책으로 당할 수밖에 없는 작은 존재임을 깨달았다. 혹시 나의 교만과 자만심 때문에 아이가 아픈 건 아닐까, 그동안 신앙 없이 살며 행했던 삶의 아주 작은 잘못까지 모두 돌아보게 되었다. 그리고 다시 가장 큰 존재이신 하나님을 바라보게 되었다.

이런 오빠의 이야기를 들으니 성경 말씀 한 구절이 떠올랐다.

"보라 하나님의 뜻대로 하게 된 이 근심이 너희로 얼마나 간절하게 하며 얼마나 변증하게 하며 얼마나 분하게 하며 얼마나 두렵게 하며 얼마나 사모하게 하며 얼마나 열심 있게 하며 얼마나 벌하게 하였는가, 너희가 그 일에 대하여 일체 너희 자신의 깨끗함을 나타내었느니라."(고린도후서 7장 11절)

오빠는 하나님의 뜻대로 하는 근심 Godly Sorrow을 통해 후회가 아닌 회개로, 하나님이 살아 계시다는 변증으로, 사모함과 열심으로 다시 깨끗한 그릇으로 살아가기로 마음먹었다. 세상 근심에 매몰되지 않고, 슬픔과 무력함을 주님 앞에 가져가서 풀어놓고 다시 새롭게 사는 생명을 얻었다.

오빠가 이런 심경의 변화를 겪는 동안 셋째의 갑상선은 1년 정도만 약을 먹으면 정상적으로 회복될 것이라는 소식을 들었다. 거대 색소 모반도 몇 차례 피부 이식술을 하면 없앨 수 있다는 실력 있는 의사도 만났다.

신앙信仰은 믿고 바라보는 일이다. 인생에는 때로 폭풍 같이 휘몰아치는 사건이 찾아와 우리를 사정없이 흔들기도 하고 꺾기도 하며 우리 삶을 완전히 다르게 변형시키기도 한다. 영화처럼 시간 여행을 해서 벌어진 일을 되돌리고 싶지만, 안타깝게도 그럴 능력이 없다. 내가 고른 인생도 아닌데 반품도 교환도 할 수 없다. 홍역을 한 번 앓고 나면 면역이 생기듯 인생도 그러면 참 좋을 텐데, 엄청난 일을 한 번 겪었다고 해서 다시는 그런 일이 안 생긴다는 보장도 없다. 그러나 폭풍 한가운데에서도 절대자의 존재를 잠잠히 믿고 바라보는 것이 신앙임을 다시금 깨닫는다. 그 덕에 고해苦海라고 여길 수도 있는 인생이 때로는 기쁨과 감사로 채워지기도 하고, 이정표도 없는 망망대해 같은 인생에서 나침반과 지도를 얻는 신비한 경험을 하기도 한다.

셋째 아이 덕에 첫째와 둘째가 건강하게 무탈하게 태어나 자라는 것이 얼마나 기적 같은 선물인지를 깨달았고, 작은 것에 크게 감사하게 되었다. 눈에 넣어도 아프지 않을 딸에게 생긴 일 덕분에 아빠의 눈은 하나님께로 향했다. 그래서 아이 아빠인 오빠와 우리 가족에게 다시금 절대자 하나님의 마음을 알게 해준 아기의 이름은 '하음'으로 지었다.

왜 점을 갖고
태어났는지 알았어

»

셋째 조카 하음이에게 가장 좋은 치료법을 찾다가 거대 색소 모반을 제거하고 건강한 피부를 이식하는 방식으로 수술하는 한 어린이병원 의사를 만나 수술을 받았다.

수술법은 이랬다. 배 쪽 피부 아래에 '조직확장기'라는 주머니를 넣고 식염수를 주기적으로 주입해 주머니를 키운다. 그러면 그 주변 피부가 인위적으로 확장되는데 피부 이식에 필요한 면적만큼 늘어나면 조직확장기는 빼고 늘어난 만큼의 피부를 떼어내 필요한 곳에 이식한다. 살이 찌면 피부 조직이 늘어나는 성질을 이용한 방법이었다.

나도 목에 이 방식으로 수술을 받은 적이 있다. 이유는 달랐지만 그 수술을 하음이도 받게 됐다. 우리집에 이런 수술이 필요한 사람이 또 생겼다는 사실이 처음엔 너무 속상했다. 하지만 생각을 조금 전환해보면 하음이는 피부 이식이라는 분야에 아주 익숙하고 어떻게 대처할지 아주 잘 아는, 준전문가 집안에 잘 찾아온 셈이었다.

하음이는 만으로 두 돌이 지나면서부터 수술을 받았다. '엄마' '아빠' 외에는 그리 많은 단어를 말하지 못하는 어린 아이가 수술을 받은 것이다. 조직확장기를 넣어 아이의 작은 배가 두 배 가까이 커질 때까지 피부를 늘렸다. 정말 무거웠을 텐데 그러고 놀기도 잘 놀았고, 매주 주사기로 식염수를 넣을 때도 일상적인 일인 듯 떼쓰지 않고 진료실에 들어갔다. 그 정도 되면 흰 가운 입은 의사만 봐도 기겁할 만 한데, 하음이는 의사에게 "안녕하세요" 인사를 했다. 이식한 피부가 팔에 착상되는 동안에는 무거운 깁스를 했는데도 힘들다고 짜증 한 번 내지 않았다. 그 기간에도 원래 그랬던 아이처럼 한 손으로도 잘 놀았고 빈 팔소매를 흔들면서 노래도 하고 엉덩이춤도 췄다. 그렇게 하음이는 일곱 살이 되기 전까지 모두 여덟 차례의 큰 수술을 정말 잘 견뎠다.

어떤 아이든 특별하지 않은 아이가 없다. 하지만 하음이는 태어날 때부터 많은 기도와 관심을 받았고, 타고난 개그감도 남다른데다가 때론 어른 못지않은 혜안이 담긴 말을 해서 우리 가족에겐 거의 연예인 같은 존재다. 가족이 모이면 "지난번에 하음이가 뭐라고 했는지 알아요?" 하며 하음이 소식을 업데이트한다. 직접 만나지 못할 때도 가족 단체 채팅방에 하음이가 어린이집에 들어가는 사진이 올라오면 그걸 연예인 출근 사진처럼 챙겨 보기도 하고 노래하거나 노는 모습을 동영상으로 공유하면서 모두가 행복해한다.

우리 식구가 다 같이 여행을 갔을 때의 일이다. 휴게소에서 아빠 손을 잡고 화장실 쪽으로 오는 하음이의 표정이 영 좋지 않았다. 여섯 살 하음이가 변기에 앉아서 수심 깊은 표정으로 이렇게 말했다. "고모, 큰 사람이 작은 사람 마음을 알아줘야 하는 거 아니야?" 무슨 말인가 했더니 하음이가 동전 넣는 작은 놀이기구를 타고 싶어했는데, 동전도 없고 일정도 지체될까봐 아빠가 안 된다고 한 것이다. 하음이는 아빠가 안 태워줬다고 찡찡대는 것 대신 큰 사람이 작은 사람의 목소리를 들어줘야 한다는 당위성을 가지고 나에게 공감을 요청했다. 세상에서 제일 귀여운 얼굴을 하고선 말이다. 나는 이 귀여운 작은 사람의 말을 큰 사람에게 전했고 결국 하음이는 놀이기구를 타면서 작지만 큰 행복을 누렸다.

하음이가 일곱 살 때 가족들과 해외여행을 간 적이 있다. 그때 하음이가 할머니와 둘이서 화장실에 들어갔는데 밖에서 누가 노크를 하더란다. 화장실이 너무 커서 안에서 노크를 하려면 하음이를 붙잡고 있던 할머니가 몇 걸음 가야 했는데, 급한 마음에 영어 좀(!) 배운 하음이가 "인간 히어! 인간 히어!"라고 소리쳤단다. 영어를 못 하는 할머니 대신 자기가 나서서 소리쳤다는 점도 귀엽고, 사람보다는 좀더 수준 있는 단어를 쓰면 통할 거라고 믿었는지 인간이라고 했다는 게 너무 재미있었다. 우리 가족끼리는 두고두고 이야기하는 사건인데 적고 보니 그저 '조카 바보'인 듯싶다.

이왕 이렇게 된 거 좀더 조카 바보가 되어볼까 한다. 마흔 살이 넘어가는 무렵에 이유 모를 우울감이 찾아온 적이 있었다. 가족 중 누구도 내가 그런 상태라는 걸 눈치채지 못했는데 신기하게도 다섯 살 하음이가 그즈음부터 나를

"고모"가 아니라 "단짝 친구"라고 불렀다. 내가 가만히 초점 없이 앉아 있으면 큰 소리로 "내 단짝 친구"라고 부르며 나와 눈을 마주쳤고, 내가 무기력하게 누워 있으면 온몸을 던져 안겼다. 내 손을 붙잡고 일으켜서 함께 놀자는 다섯 살 아이와 시선을 맞추고 손을 잡고 뛰고 장난치고 아무 생각 없이 놀다보면 깊이를 알 수 없던 공허함과 외로움이 채워지는 듯했다. 큰 사람의 마음을 알아봐준 것 같은 그때의 하음이에게 지금까지도 참 고맙다.

하음이가 유치원에 입학한 다음날, 선생님께서 "하음이가 소매를 걷으면서 '저 여기 수술받았었어요'라고 보여주던데 제가 더 알아둬야 할 점이 있을까요?" 하고 물어보셨다고 한다. 큰 수술은 거의 끝났고 수술받은 부위 가장자리에 이식한 피부의 경계선이 조금 남은 정도라서 사실상 선생님께서 굳이 신경쓰거나 무엇을 해줄 필요가 없는 상황이었다. 그래서 새언니도 '반팔 입을 때쯤에 말씀드려야지' 생각했는데 하음이가 먼저 씩씩하게 공개한 것이다.

여름이면 하음이는 거리낌없이 반팔 옷을 입었는데 유치원에서 팔에 남은 수술 자국을 본 몇몇 친구들이 징그럽다고 했단다. 하음이는 화도 나고 속상해서 처음에는 아무 말도 못 하다가 나중엔 수술해서 그런 거라고 친구들에게 설명해줬단다. 그래도 마음에 남았는지 어느 날, 자려고 누워 있던 하음이가 "엄마, 나는 왜 점을 갖고 태어났을까? 하나님은 왜 나한테 점을 주셨을까?" 하고 묻더란다. 하음이는 너무 어렸을 때부터 수술을 받아왔던 터라 여덟 차례의 수술 중 그나마 가장 수월했던 마지막 두 번의 수술만 기억했고, 수술 자국을 크게 신경쓰는 것 같지도 않았기에 그 말을 전해 듣고 우리 가족 모두 참 마음이 아렸다.

그렇게 시간이 흘러 하음이는 이제 초등학생이다. 입학하고 며칠 후 "엄마! 나 왜 하나님이 점을 주셨는지 알게됐어" 하면서 신이 나서 돌아왔단다. "나 인기 있게 해주려고 주신 거였어!" 소매를 걷은 하음이의 수술 자국을 본 친구들이 하나둘 다가와서는 왜 이렇게 됐느냐고 물었단다. 하음이는 자기가 아는 만큼 열심히 설명을 해주었고 그 상황을 자기가 인기 있는 사람이 되었다고 해석한 것이다. 누군가에게는 트라우마로 남을 수도 있는 불필요한 호기심을, 상처가 될 수도 있는 상대방의 무례한 솔직함을 하음이는 불쾌해하거나 수동적으로 반응하지 않았다. 오히려 완전히 방향 전환을 해서 자신에 대한 관심과 인기로 받아들였다.

사람들이 쳐다볼 때마다 '내가 연예인이라서 그러는 거야'라고 생각하며 불쾌감을 이겨냈던 그 고모에 그 조카답다. 아니 그 고모를 넘어선다. 부정적 자극을 받았을 때 탄력적으로 대처할 뿐 아니라 충분히 부정적 사건이 될 만한 일을 긍정적으로 새롭게 재해석하며 생과 함께 왔던 상처를 수용했다. 하음이는 흉터를 가리거나 숨기지 않는다. 자신의 상처를 통해 친구와 더 많이 얘기 나누고 새로운 사람을 사귀는 방식으로 사용할 줄 안다. 상처 따위 처음부터 없었으면 좋았겠다며 의미 없는 한탄을 하지 않고 상처의 의미를 재해석했다. 인기 있게 해주려고 하나님이 점을 주셨다니! 여덟 살 어린이의 혜안이 감탄스러웠다.

내가 피부 이식 수술을 받을 때마다 하음이는 "나도 이거 해봤는데……" 하면서 공감해준다. 하음이를 통해 배운다. 적절한 자기 노출과 자극에 대한 탄력적 대처, 또 외상을 긍정적 의미로 재해석함으로 이뤄지는 외상 후 성장이 여덟 살 아이에게도 가능할 수 있음을.

상처가
꽃이 되게

»

그 아이를 처음 만난 건 2005년 여름이었다. 열세 살인 아이는 또래보다 많이 왜소했다. 화상을 입은 나와 많이 닮은, 나보다 더 많이 아팠을 아이였다. 항상 자신을 아프게 하는 의료진 그리고 늘 미소보다는 걱정스러운 표정으로 자신을 바라보는 낯선 사람들 앞에서 아이는 겁에 질려 있었다. 진찰이 끝나고 근처 카페에서 아이와 마주했다. 내가 아이에게 뭔가 희망이 될 만한 이야기를 해주기를 기대하는 그 상황이 부담스럽기도 했고, 내 존재 자체가 아이의 희망을 꺾는 게 아닐까 걱정스럽기도 해서 한참 동안 입이 떨어지지 않았다.

내가 화상을 입고 1차 피부 이식 수술을 기다리며 입원해 있을 때, 이식 수술을 마치고 퇴원해서 참 씩씩하게 사는 사람이라며 엄마가 어떤 언니를 병실로 초대했다. 엄마의 의도와 다르게 나는 그 언니의 모습을 보고 충격을 받아 언니가 돌아간 뒤 많이 울었다. 그때만 해도 수술받고 잘 참고 또 어느 정도 시간이 흐르면 예전처럼 될 줄 알았다. 언니는 수술한 지 꽤 시간이 됐다는데…… 이식한 피부 관리도 그렇게 열심히 한다던데…… 언니의 피부는 빨갛고 울퉁불퉁해서 딱딱한 고무 같았다. '내 미래가 저렇단 말이야?' 하고 절망했기에 나 역시 아이에게 그런 충격을 줄까봐 걱정되었다. 그치만 어차피 만났으니 무슨 말이든 해야 했다. 내내 어색해하며 겁먹은 아이의 눈을 보다가 입을 뗐다. "다른 사람들은 몰라도 나는 려나가 얼마나 예쁜 얼굴을 가졌는지 알아. 려나는 이쁜 아이야." 그 말에 려나가 또르르 눈물을 흘렸다.

려나는 얼굴을 포함한 전신 95퍼센트 면적의 피부에 3도 화상을 입었다. 한때 화상 입고 살아남은 사람 중에 내가 '화상 1등'이라고 얘기했었는데 나는 (겨우) 55퍼센트 면적이니까 려나가 나보다 훨씬 윗길이었다. 일제강점기 조선을 떠난 증조부님이 중국 지린성에 정착해 그곳에서 태어나고 자란 려나는 초등학교 4학년 때 가스 폭발 사고로 화상을 입었다. 새집으로 이사한 다음날, 가스 누출을 미처 감지하지 못한 엄마가 아침식사를 준비하려고 가스불을 켜자마자 폭발했다고 한다. 려나는 살아날 가망이 5퍼센트도 안 되는 절망적인 상황이었지만, 1퍼센트라도 살 수 있다면 어떻게든 살리겠다는 할머니 할아버지의 희망 속에서 생존했다.

화상 치료는 한두 번 수술로 끝나지 않기 때문에 중국에서 초기에 받은 수술 비용은 눈덩이처럼 불어났다. 할머니 할아버지가 살던 집도 팔았지만 치료비를 감당할 수 없어 약만 들고 퇴원할 수밖에 없었다. 아직 어려서 몸집은 점점 커지는데 이식받은 피부는 자라기는커녕 수축만 하니 나중에는 몸이 휘어 누워 있을 수조차 없었다.

이런 려나의 안타까운 사정이 알려지자 톈진에서 작은 출판업을 하시는 이윤락 장로님께서 려나를 돕겠다고 나섰고, 후원금도 모아서 베이징에서 수술을 받았다. 전라도 광주의 한 성형외과에서도 수술해주겠다고 나서서 한국에 건너와서도 많은 분들에게 도움을 받았다. 내가 려나를 만난 것은 려나가 어느 단체의 초청을 받아 병원 진찰을 받으러 두번째로 한국을 찾았을 때다. 아이가 지나온 시간은 한때 '화상 1등'인 나조차도 이루 헤아릴 수 없을 정도였다.

려나와 나는 닮은 점이 참 많다. 안면 화상을 입은 것도, 아픈 와중에 주변 사람들이 걱정할까봐 잘 참아온 것도 똑같았다. 심지어 연도는 다르지만 사고를 만난 날짜도 같다. 그리고 이제는 같은 의사 선생님께 수술을 받는 환자이자 같은 대학교를 나온 선후배이기도 하다.

사고 후 쭉 학교를 못 다녔던 려나는 어느 정도 회복한 뒤 어릴 적 친구들을 다시 만났다. 오랜만에 친구들을 만나 반갑기도 했지만 곧 대학생이 되는 친구들이 너무 부러웠다고 한다. 그래서 그때부터 대입 검정고시를 준비했단다. 학교 졸업장을 받아본 적 없는 려나는 수술을 받으면서 차근차근 공부했다. 교회 청년들에게, 또 학교 밖 청소년들이 공부할 수 있도록 돕는 가톨릭 소속 단체의 도움을 받아 그야말로 '열공'했다. 결국 려나는 우수한 성적으로 검정고시에 합격해 이화여대 영문학과에 전액 장학생으로 입학했다. 신기하게 려나가 입학하던 해에 내가 '만나고 싶은 선배'로 학교의 초대를 받아 입학식에 갔고, 려나가 졸업할 때는 졸업식 축사를 하러 학교에 갔다. 두 번 모두 내겐 가문의 영광 같은 일이었는데 돌아보니 초대 시점이 기가 막혔다. 아무래도 려나를 축하해주라고 하나님께서 나를 보내신 것 같다.

　려나가 졸업하는 날에야 알게 된 사실이 하나 있다. 려나 어머님의 성함이 '이화'셨단다. 사고 때 려나를 데리고 빠져나오면서 어머님은 려나보다 더 많이 다쳤고 결국 사고 후 사흘 뒤 돌아가셨다고 한다. 려나가 충격을 받을까봐 할머니가 그 사실을 알리지 않아 사고 2년 뒤에야 자기 얘기가 실린 신문기사를 읽다가 그간 짐작만 해오던, 차마 입 밖으로 꺼낼 수 없었던, 엄마가 돌아가셨다는 사실을 알게 되었다고 한다. 그때 일을 두고 려나는 "슬프기도 했지만 엄마는 저처럼 고통스러운 시간을 겪지 않아서 다행이다 싶었어요"라고 이야기했다. 그 말에 눈물이 왈칵 났다. 오랫동안 려나에게 엄마라는 존재는 슬픔이자 좀처럼 흐려지지 않는 그리운 존재였을 것이다. 그런데 엄마와 똑같은 이름의 학교에서 대학생활을 했다. 그동안 려나는 꼭 엄마가 함께하는 것만 같아서 더 열심히 공부했다고, 힘들 때마다 학교 이름을 되뇌면 엄마가 위로와 격려를 해주는 것만 같았다고 고백했다.

대학교를 졸업한 뒤 우리의 공통점이 하나 더 생겼다. 려나도 '사회복지학' 박사과정을 밟고 있다. 대학교 1학년 때부터 려나는 한림화상재단에서 화상을 경험한 아이들을 위해 개최하는 여름캠프인 화상점프캠프에 멘토로 봉사했다. 의기소침하고, 화상 상처를 어찌해야 할지 몰라 감추려고 하는 어린 시절의 자신과 같은 아이들과 마음을 나눴다. 그러다 2016년 미국의 화상 생존자 모임인 피닉스 소사이어티Phoenix Society for Burn Survivors의 국제컨퍼런스에 참가하면서 려나의 인생이 크게 바뀌었다.

그곳에서 려나는 말 그대로 불사조(피닉스)처럼 화상을 경험한 수많은 생존자를 만났다. 화상으로 한쪽 다리를 잃은 사람이 미니스커트를 입고 무대에 올라와 노래하는 모습을, 흉터를 부끄러워하지 않는 모습을 보면서 자신을 진정 사랑하는 사람들은 빛난다는 걸 깨달았다고 했다. 그리고 그 사람들과 함께 시가지를 행진하면서, 화상이 더이상 혼자만의 고통이 아니라는 사실을 깨달았다. 다 같이 당당하게 걷기만 해도 동정과 호기심 어린 눈길로만 쳐다보는 세상을 향해 "화상 입고도 열심히 살아가는 사람들이 있어요. 우리를 따뜻하게 바라봐주세요"라고 외치는 기분이 들었단다. 나 같으면 이런 기분을 글로 쓰고 주변에 이야기하는 걸로 그쳤을 텐데, 려나는 특별했다. 려나는 '한국에서도 이런 프로젝트를 해볼까' 하며 실제로 그 생각을 실행에 옮겼다.

려나는 이 시기를 기점으로 그동안 시선을 피하기 위해 썼던 모자를 벗었다. 그리고 '혼자가 아닌 함께'라는 슬로건을 내걸고 또래 화상 경험자들과 위드어스With Us라는 커뮤니티를 조직했다. 려나는 사회공헌 플랫폼을 통해 프로젝트 자금 모집에 성공했다. 과거엔 화상 환자였지만 이제는 화상 생존자이자 화상 상처를 안고 살아가는 화상 경험자들이 모여 더이상 가리거나 숨지 않고 세상을 향해서 우리도 함께 세상을 살아가는 존재라고 당당히 알리고자 캠페인을 진행하고, 사진전과 토크 콘서트를 개최한다. 얼마나 멋진지 모른다.

나중에 들은 이야기인데 2005년, 우리가 처음 만난 날, 려나는 여름에도 모자를 쓰고 마스크와 긴팔 옷으로 꽁꽁 싸맨 자기와 달리 아무렇지 않게 반팔 옷을 입고 상처난 손을 흔들며 자신에게 인사하던 나를 보고 참 신기했단다.

'저렇게 살 수도 있구나' 싶었단다. 하지만 그사이 많은 일을 겪으며 려나는 자랐고 성숙했고 단단해졌다. 이제 려나는 마스크도 벗고, 예쁜 반팔 블라우스도 즐겨 입고, 또다른 화상 경험자가 모자로 자기 모습을 가리지 않도록 이끌고 있다.

몇 년 전 내 수업 시간에 려나를 특강 강사로 초대해 위드어스 활동에 대해 들었다. 려나의 이야기 자체도 힘이 있었지만 어릴 때 아나운서가 꿈이었던 만큼 말도 똑소리나게 잘해서 학생들도 나도 참 많이 배우고 깨달은 시간이었다.

강의가 끝나고 포항의 바다 배경이 예쁜 카페에서 사진을 많이 찍었다. 자기 사진들을 보면서 "예쁘다" 감탄하는 려나의 반응이 너무 진심이라 눈물나게 좋았다. 대학생이 될 때 이제 화장도 하라고 내가 쓰는 커버력 좋은 화장품도 몇 번 사주고, 화장도 해주었지만 려나는 메이크업을 나만큼 즐기지 않았다. '왜일까, 피부톤만 맞춰줘도 더 예쁠 텐데……' 했는데 그 이유를 그제야 깨달았다. '이 아이는 있는 그대로의 자신이 진심으로 예쁜 거로구나!' 고울 '려', 아름다울 '나'를 쓰는 려나는 정말 곱고 아름다운 아이였다.

　려나는 말한다. 화상火傷이 화상花像으로, 상처가 꽃이 되기까지 자신을 사랑할 거라고. 모든 화상 경험자들이 꽃을 닮은 모습으로 살면 좋겠다고. 모두가 손잡고 함께 살아가는 세상을 만들고 싶은 꿈을 꾸는 려나 옆에서 나 역시 같은 꿈을 꾸며 함께 그 길을 가겠다고 다짐한다.

봄을 선물해준
아이들

»

학교에 임용되고 나서 첫 2년 동안 총 열한 개의 강의를 했는데, 그중 아홉 개가 다른 과목이었다. 그러니 매 학기 두세 과목 정도의 새 강의를 매일 준비하며 정신 없이 지냈다. 그렇게 전력을 다한 2년이 겨우 지나고 겨울방학이 되어 피부 이식 수술을 받고 회복하던 중, 기분좋은 식사 약속이 생겼다. 코미디언 이성미, 송은이 언니와 전 축구 국가대표 이영표 선수, 그리고 가수이자 기부 운동가(혹은 운동 기부자?) 션 오빠와의 만남이었다. 서로서로 다른 시기에 다른 곳에서 만난 사이지만, 같은 신앙을 가지고 산다는 공통점으로 뭉쳐 언젠가부터 다 같이 만나곤 했다. 몸도 마음도 지쳐 있었지만 내가 존경하고 좋아하는 분들이기에 그날만은 수술 붕대를 감고서라도 '야호! 연예인 만난다' 하면서 모임에 나갔다.

근황도 나누고 격려도 주고받으면서 대화가 깊어지다보면 늘 이 시대를 살아가는 청소년과 청년이 겪는 어려움을 걱정하고 안타까워하는 이야기로 이어졌다. 이런저런 얘기가 오가다가 가장 연장자인 이성미 집사님께서 우리끼리 만나서 같이 밥 먹는 것도 좋고, 각자 자기 자리에서 좋은 일을 해도 좋지만, 함께 좋은 일을 해보자고 제안하셨다. 뭘 하면 좋을지, 좋은 일의 방안에 대한 의견이 오갔다. 솔직히 그때는 내가 맡은 일로도 허덕거리던 중인데다가 마음의 감기 때문에 한참 무기력하던 때여서 그저 그분들의 열정이 대단하다는 생각만 들었다. 각자의 자리에서 누구보다 열심히, 충분히 바쁘게 살고 계시면서 새로운 일을 또 계획하다니 저런 에너지는 도대체 어디서 나올까 싶었다. 다 같이 여러 가지 방법을 고민하다가 부모가 수감생활중인 미성년 자녀를 돕는 '세움'이라는 아동복지 기관과 함께해보면 어떨까 하는 의견이 나와서 그때 세움을 처음 알게 되었다.

행동 빠른 송은이 언니가 바로 다음날 아동복지실천회 세움의 이경림 대표님께 연락을 했다. 드디어 2019년 4월 초, 좋은 일을 함께하자고 뭉친 네 명의 유명인과 뭘 하는지 잘 모르지만 따라나선 내가 '비밀 친구'라는 이름으로 세움의 아이들과 처음 만났다. 당시 가장 인기 있던 영화를 보고, 송은이 언니 덕에 영업 시간이 아닌데도 문을 열어준 어느 유명 맛집에서 식사를 했다. 자기소개를 하고, 생일을 맞이한 아이들을 축하해줬다. 아이들도 우리도, 세움 선생님들도 서로 어색하기만 했다. 아이들에게 무슨 말을 어떻게 해야 할지 막막했다. 그 맛있는 삼겹살을 아이들은 아이들끼리 어른들은 어른들끼리 따로 앉아 먹으면서 중간중간 "맛있니? 너무 맛있다" 정도의 대화만 나눌 뿐이었다. 아이들은 신기해할 법도 한 유명인들과 한 공간에서 식사를 하는데도 몇몇 아이들만 사진을 찍자고 나설 뿐이었다. 그렇게 적당히 정중함을 유지하며 끝내 어색함을 깨지 못한 채 첫 모임이 끝났다.

그뒤로 한 달에 한 번씩 만났다. 망원시장에서 맛있는 음식을 사서 한강으로 소풍도 갔고, 이성미 집사님의 후배들이 하는 공연도 보러 가고, 이영표 선수의 지인이 하시는 공방에 가서 초콜릿도 만들고, 션 오빠가 하는 연탄 배달 봉사에 함께 참여하기도 했다. 또 어느 날에는 비밀 친구들이 살아온 이야기를 나누기도 했다. 함께 시간을 보내는 것 말고 나는 딱히 역할이 없었다. 내가 있어도 그만, 없어도 그만일 것 같았지만 토요일에 달리 할일도 없었기에 꾸준히 참석했다. 아이들의 얼굴을 익히고 이름을 정확히 부르는 데도 한참 걸렸다. 한창 예민한 시기인데다 한 달에 한 번 만나다보니, 솔직히 몇 개월이 흘러도 아이들이 그리 마음을 여는 것 같지 않았다.

하지만 그러면서도 우리 서로 마음을 주고받았나보다. 크리스마스 때 아이들과 지난 1년간의 만남을 돌아봤는데 그 자리에서 아이들이 마음을 표현해주었다. 내가 아이들의 미세한 표정 변화를 보고 속마음을 알아채 말을 걸었던 그 순간을, 자기의 무거운 고민을 듣고 어깨를 다독여준 그 짧은 시간을 아이들은 기억해주었다. 어쩌면 찰나와 같은 시간에 열어 보였던 마음을 별것 아니라고, 당연하다고 여기지 않고 고맙다고 표현해주었다. 크리스마스 파티 중에 한 해 동안 우리 모임에서 자기 역할을 해준 모두에게 각자의 강점을 이야기해주는 시상식을 했는데, 나는 아이들에게 '마음약국상'을 받았다. 이제껏 받아본 어떤 상보다 큰 행복을 주는 상이었다. 아이들은 나와는 전혀 다른 어려움을 겪는 중이지만 그래도 한때 아파본 사람의 토닥임이 따뜻했나보다 생각해본다.

그리고 누구보다 얌전하고 조용했던 한 중학생 남자아이가 우리 모임을 주제로 시를 지어왔다. 계절은 우리가 처음 만났던 4월에서 여름으로 그리고 겨울로 바뀌었지만 이제 우리 사이는 추운 겨울에서 무더운 여름 같아졌다고 표현했다. 비밀 친구들과 아이들, 세움 선생님들 모두 이 시를 듣고 마음 깊이 공감했다. 그날 크리스마스 모임을 마치고 돌아오는 길에 사는 재미를 잃어버리고 그저 무기력했던 내가 이상하게 세움 아이들만 만나고 오면 왜 기운이 났었는지 깨달았다.

이영표 선수가 강연에서 이런 말을 한 적이 있다. 어렸을 때부터 자신은 세계적인 축구선수가 되고 싶어서 코치가 팔굽혀펴기를 열 번 시키면 꼭 열한 번씩 하면서 노력했단다. 그렇게 매 순간 노력해서 결국 그 꿈을 이루었는데 이상하게도 그 만족감이 오래가지 않았다. 오히려 허무함의 시간이 길었단다. 그런 시간을 보내며 행복은 소유에 있지 않다는 걸 깨닫고 인생의 목표를 더 갖는 게 아니라 타인과 사랑을 나누는 데 두었다고 말했다. 인간은 본질적으로 사랑으로 사는 존재이기 때문에 사랑받고 사랑해야 행복해질 수 있다고 믿는다고 했다. 이제야 그 말이 무슨 의미인지 알 것 같았다.

타인을 사랑하고 또 사랑받는 데서 오는 힘, 그것이야말로 우리가 행복해질 수 있는 힘이라는 사실을 세움 아이들을 만나고 깨달았다. 아이들과 특별히 대단한 일을 함께한 건 아니었다. 부모님이 계셨더라면 주말에 한 번쯤 했을 법한 일들이었다. 우리는 즐거운 추억을 공유했다. 주말의 길지 않은 시간을 함께하며 내가 기억하고 응원하고 싶은 아이들이 존재한다는 사실에 나도 힘을 얻었다. 부디 아이들도 나를 기억하는 한 사람, 나를 위해 기도하고 힘을 주고 싶어하는 존재가 있다는 사실 때문에 든든했으면 바랐다. 그전까지 나와 전혀 상관없는 타인이었던 아이들과 시간과 마음을 나누며, 사랑을 하고, 사랑을 받으며 내게 찾아온 마음의 감기가 완전히 나았다. 겨울처럼 꽁꽁 얼어서 아무것도 하고 싶어하지 않던 내 마음의 계절이 모든 것이 소생하는 봄으로 바뀌었다. 아이들은 그렇게 나에게 봄을 선물해주었다.

어느 날 갑자기 사라져버린 부모, 어딘가 살아 있지만 어디에 있다고 말할 수 없는 부모를 둔 아이들에게 잠깐 동안 내 어깨를 내어주고 나는 봄을 선물로 받았다. 세움을 통해서 한 번도 생각해본 적 없었던 아이들의 존재를 알게 되었다. 그동안에는 존재하지 않는 사람인 양 여겼던 아이들을, 이제는 그 얼굴을 이름을 알고, 무엇을 좋아하는지, 재밌을 땐 어떤 표정을 짓는지 알게 되었다. 아이들은 이제 내 세상에 존재한다. 무엇을 하면 즐거운지, 어떨 때 힘든지 알고 싶다. 어떻게 하면 이 아이들이 덜 아플 수 있는지 고민하고 싶고, 아이들이 품은 작은 꿈을 응원하고 싶다. 부모의 죄를 그 자녀와도 연관지어 아이들의 삶에 보이지 않는 짐을 지우는 사람들의 부정적 인식을 빡빡 지워주고 싶었다.

세움과 함께하는 네번째 해가 지나고 있다. 비밀 친구로서 함께 시간을 보내는 모임도 여전히 계속되고 있다. 내 이야기를 듣고 감동한 지인들이 세움을 후원해주시기도 하는 등 기쁜 일도 이어지고 있다. 그리고 수감된 부모를 둔 아이들의 목소리를 세상에 대신 소리 높여주고 싶어서 몇 가지 연구도 진행중이다. 연구를 위해 인터뷰를 하면서 부모가 수감된 이후 지나온 시간이 어땠느냐고 묻자 한 아이가 "깨지 않는 나쁜 꿈" 같다고 대답해 눈물이 왈칵 났다. 부모 대신 자신을 돌보는 할머니 할아버지를 더는 힘들게 하기 싫어서 말썽 한 번 부리지 않으면서 아이는 악몽과 같은 매일을 버티고 견뎠다. 부디 내가 하는 일들이 '깨지 않는 나쁜 꿈'을 꾸는 것 같은 아이를 잠깐이라도 악몽에서 벗어나게 해주었으면 한다. 이 상황에서 벗어나려면 열심히 공부하는 수밖에 없다며, 잠을 줄여가며 애쓰는 아이에게 잠시라도 다른 아이들이 누리는 평범함을, 인생이 그렇게 나쁜 것만은 아니라고 느낄 만한 순간을 선물하고 싶다. 무엇을 바꿀 힘도 방법도 없어서 막막하기만 한 이 세상이 잠시라도 어깨를 내어준 이들 덕분에 그래도 믿을 만한 사람들이 있어서 살아볼 만하다고 느끼면 좋겠다.

상처 입은 당신에게

꿈에도 생각해보지 않았던 일이 생겼습니다. 그런 험악한 일은 내 인생에 없을 것이라고 안심하며 살았는데 나에게 일어났습니다. 믿었던 사람에게 배신을 당하기도 하고, 좋은 것만 먹고 운동도 열심히 해서 건강하다고 자부했는데 어느 날 갑자기 암을 진단받기도 합니다. 안전할 것 같았던 집에서도 지진 때문에 온 땅이 흔들리면 의지할 것 하나 없는 극한의 불안을 경험하기도 합니다. 홍수 때문에 하룻밤 사이 소중한 내 방에 물이 가득차기도 합니다. 당연히 건강할 것이라고 기대했는데, 내 아이가 희귀병을 갖고 태어나기도 합니다. 늘 오가던 길을 지나다가 교통사고나 범죄의 피해자가 되기도 합니다. 아무 이유도 없이 따돌림을 당하거나, 절대 그럴 것 같지 않던 사람이 권력을 이용해서 폭력을 행사하거나 학대를 가하기도 합니다.

살다보면 예측할 수 없고, 통제할 수 없는 일들이 일어납니다. 그럴 줄 몰랐고, 내 힘으로는 막을 수 없기에 일어나지 않았으면 했던, 일어날 것이라곤 생각조차 하지 않았던 나쁜 일이 일어나기도 합니다. 아주 오랫동안 '나쁜 일은 나 말고 다른 누군가에게 생기는 일'이라며 스스로 안심시켰던 근거 없는 신념 때문에 자신에게 나쁜 일이 일어났다는 사실 자체를 받아들이기가 더 힘들어지기도 합니다.

우리는 나쁜 사람은 벌을 받고, 착한 사람에게는 좋은 일만 생기는 동화책을 보고 자랐습니다. 그래서 흔히 나쁜 일을 겪으면, '내가 무슨 잘못을 해서 이런 벌을 받는 거냐'고 울분에 찬 질문을 던집니다. 우리는 나쁜 일이 일어나면 꼭 인과관계를 찾아내고 싶어합니다. 러시안룰렛 게임처럼 무작위로 걸려들었을 수도 있고, 원인을 딱히 밝히지 못하는 일도 참 많은데 말입니다. 그런데 직접적 원인을 찾아내고 가해자를 잡아내는 것과는 별개로, 우리는 좀 더 영적이고 근본적인 원인을 찾으려는 열망으로 자신을 괴롭힙니다. 이 열망은 결국 어린 시절부터 학습된 생각의 길을 따라서 '나는 착하게 살았으니 이런 일은 결코 나한테 일어나서는 안 됐어!' 혹은 '나쁜 일이 일어나다니 내가 벌을 받았구나' 하는 결론에 다다릅니다. 첫번째 결론을 내린 사람은 자신의 상황을 외면하고, 회복을 향한 노력을 회피하면서 결국 보이지 않는 존재를 원망하게 됩니다. 두번째 결론을 내린 사람은 이미 엄청난 스트레스를 받아 괴로운 자신을 죄인으로까지 낙인 찍어 세상과 자신의 인생을 부정적으로 바라보다가 저주를 퍼붓거나 무기력해집니다. 어느 쪽도 이렇게 아픈 상황에서 벗어나는 데 전혀 도움이 되지 않습니다.

동화 속 이야기가 아닌 현실에서는 착한 사람에게도 나쁜 일이 일어납니다. 누군가의 잘못된 선택과 실수에 우리는 크고 작은 영향을 받으며 살아갑니다. 좋은 영향일 때도, 아주 반갑지 않은 나쁜 영향일 때도 있습니다. 피해를 입히려는 의도가 없는 행위에도 무수히 많은 일이 꼬리에 꼬리를 물고 생기기도 합니다.

우리는 "나쁜 일은 누구에게나 일어날 수 있으며, 나에게도 일어났다"는 사실을 인정해야 합니다. 그렇게 할 때, 비로소 회복을 향한 걸음을 뗄 수 있기 때문입니다. 그리고 "나쁜 일이 일어났다고 해서 반드시 벌을 받는 것이 아니다"라는 사실도 받아들여야 합니다. 당신은 죄인이 아닙니다. 지금 일어난 일은 나쁜 일이지만 이것이 벌은 아닙니다. 이미 상처로, 스트레스로 괴로운 자신을 사실이 아닌 생각으로 더이상 괴롭히지 않기를 바랍니다. 그리고 이제 그런 생각에서 벗어나, 상처 입은 당신이 지금 겪는 스트레스를 잘 다루고 완화시키는 일에 집중하기를 바랍니다.

나쁜 일이 일어나면 우리 마음을 지키던 심리적 보호막이 찢어지고 마음에 상처를 입습니다. 이런 트라우마 때문에 한 번도 경험하지 못했던 극심한 스트레스 반응이 나타납니다. 그 나쁜 일과 관련된 충격적인 장면이 시도 때도 없이 떠오른다거나, 악몽을 꾸거나 수면장애가 생기기도 합니다. 그때 일과 비슷한 소리를 듣거나 냄새를 맡거나 장면을 보면 과민하게 경계하기도 합니다. 큰 슬픔에 빠지거나, 아예 무감각한 정서적 마비상태가 되거나, 불안감을 느끼기도 합니다. 그 사건의 원인을 파내고 파내다가 그저 그 시간 그 자리에 있었을 뿐인 자신을 비난하고 수치심과

죄책감에 괴로워합니다. 혹은 다른 사람을 비난하며 타인에게 공격적으로 행동하기도 합니다. 나쁜 일로 마음의 상처와 트라우마를 경험하면 대부분 이런 스트레스 반응이 나타납니다. 정도의 차이는 있지만 이런 반응을 보이는 일은 지극히 자연스럽습니다. 경우에 따라서 스트레스 반응이 며칠 만에 없어지기도 하고, 아주 오랫동안 지속되면서 심해지기도 하지만요.

지금부터 상처 입은 당신께 나쁜 일은 생겼지만, 그것이 나쁜 일로 끝나지 않을 수 있다고 이야기하려 합니다. 상처와 트라우마는 동전의 양면처럼 스트레스와 동시에 좋은 것을 가져다주기도 합니다. 저명한 정신과 의사이자 제2차세계대전 당시 아우슈비츠 수용소의 생존자인 빅터 프랭클 박사는 비극적 낙관주의Tragic Optimism를 설명하며 불행에는 본질적으로 좋은 것은 없지만, 불행으로부터 좋은 것을 이끌어내는 것은 가능하다고 말합니다. 지금 우리에게 일어난 어떤 사고나 질병이나 괴로움이 잘된 일, 좋은 일이라고 말하는 게 아닙니다. 누구도 겪고 싶지 않은 나쁜 일이 일어났지만, 적어도 우리는 거기서 멈추지 않고 그 안에서 좋은 것을 이끌어낼 수도 있습니다.

어려움이 닥치면 우리는 넘어지지 않으려고 저항도 하고, 한 번 넘어졌더라도 또다시 일어나기도 합니다. 또 어떤 일은 우리 자신을 그 일이 일어나기 전과는 다른 사람, 다른 인생으로 변하게 만들기도 합니다. 그런데 놀랍게도 이전의 삶으로 돌아갈 수 없을 만큼 달라진 사람들이 회복하는 과정에서 이전보다 훨씬 성장했다고 느끼는 경우가 아주 많습니다. 내가 누구인지 진정 무엇을 원하는지 깨닫고, 이전에 못 했던 일을 할 수 있다고 느끼는 자기효능감이 높아지기도 합니다. 어려운 일을 겪으면서 누가 진정한 친구인지도 알게 되고, 가까운 사람에게도 더 고마워하고, 괴로움을 겪는 타인에게 더 잘 공감하게 되기도 합니다. 또한 우리가 소중히 여기는 많은 것이 영원하지 않다는 사실을 깨닫고 삶에 감사하며, 인생의 우선순위가 변하기도 합니다. 학자들은 이를 '외상 후 성장'이라고 합니다.

첫 책 『다시 새롭게, 지선아 사랑해』에서 "삶은 선물입니다"라고 고백했는데 이게 바로 제가 경험한 외상 후 성장을 한 문장으로 담은 셈입니다. 외상 후 성장은 특별한 누군가에게만 일어나는 일이 아닙니다. 몇 년 전, 저는 국내 이삼십대 화상 경험자들을 대상으로 연구를 진행했는데 여기서도 같은 결과를 얻었습니다. 저 말고도 수많은 화상 경험자들이 극심한 고통과 상실의 시간을 지나오며 개인적으로, 대인관계에서, 또 삶의 철학에 관하여 '성장했다'고 보고했습니다. 놀랍게도 가벼운 화상보다는 중화상을 입은 사람이, 가릴 수 있는 부분이 아니라 얼굴이나 손과 같이 노출된 부위에 화상을 입은 사람이, 또 가족관계가 이전보다 좋아졌다고 보고한 사람들이, 대인관계 기술이 좋은 사람들이 더 크게 성장했다고 나타났습니다. 성장은 스트레스가 없는 상태에서 일어나는 것이 아닙니다. 오히려 스트레스가 성장을 촉진하고 우리를 발돋움하게 돕습니다. 나쁜 일에서 좋은 것을 이끌어내려면 무엇보다 외상 직후에 나타나는 스트레스에 잘 대처해야 합니다. 스트레스를 완화하고, 앞으로 어떤 도움이 필요한지 지켜보는 일도 정말 중요합니다. 이런 과정을 바탕으로 외상 후 성장을 이야기할 수 있기 때문입니다.

극심한 스트레스를 겪고, 이제 우리는 선택의 기로에 섭니다. 불행한 일을 끝까지 불행한 일로 내버려둘지, 그 나쁜 일로부터 좋은 것을 이끌어내보려고 노력할지, 우리에게는 선택할 자유가 있습니다. 우리는 앞으로의 인생의 태도를 결정할 수 있습니다. 후자를 선택하기로 마음먹었다면, 나쁜 일이 나쁜 일로 끝나지 않게 하려면, 세 가지 노력이 필요하다고 학자들은 이야기합니다.

첫번째는 '의도적인 생각의 되새김질'입니다. 자신에게 일어난 나쁜 사건을 여러 각도로 생각해보면 좋습니다. 무슨 일이 일어났는지 사실을 파악하는 데서 그치지 않고 이 일이 갖는 의미를 스스로 평가해보는 것입니다. 계속적으로 생각을 되새김질하는 이 괴로운 과정을 지나다보면 그 사건이 내 인생에 어떤 의미인지를 깨닫고 비로소 현재 상황을 바꾸어보려는 시도를 하고 새로운 삶을 살고자 하는 마음이 생긴다고 합니다. 제가 사고를 당한 것이 아니라 만났다 헤어졌다고 말하는 것도 그 상황을 끊임없이 되새김질하여 사건을 새롭게 평가하고 의미를 찾게 되었기 때문입니다. 그렇게 비로소 저는 사고를 만난 이후 수많은 선물을 얻었다고 고백하게 됐습니다.

두번째는 '감정의 표현'입니다. 안전하다고 느끼는 곳에서 믿을 만한 사람들에게 자신의 고통과 감정을 표현하면 훨씬 마음이 안정된다고 합니다. 여기서 믿을 만한 사람이란 당신의 이야기를 듣고 나서도 말과 행동이 달라지지 않을 사람입니다. 그런 사람에게 당신이 어떤 공포와 불안과 괴로움을 겪었는지, 그 일로 잃어버린 존재를 생각하면 얼마나 슬프고 억울하고 애통한지, 지금은 또 어떤 마음인지 이야기해봅시다. '이야기한다고 저 사람이 뭘 해줄 수 있는데?'가 아니라 그저 그 감정을 자신의 문장으로, 자신의 말로 표현만 해도 회복을 향해 한 걸음 뗄 수 있습니다. 어떤 감정인지 다른 사람에게 표현만 해도 마그마처럼 끓어 화산처럼 폭발할 것 같던 감정의 온도가 점점 낮아질 것입니다. 처음에는 울음이 터져나와 말을 잇지 못하지만, 같은 이야기를 자꾸 하다보면 더이상 눈물 흘리지 않고 이야기하게 되는 것처럼요. 실제로 9·11테러 3년 후 생존자를 추적 조사해보니 정서적으로 표현을 덜한 사람들이 계속해서 심리적 고통에 시달렸다고 합니다. 감정은 말로도, 글로도 표현할 수 있습니다. 그림을 그릴 수도, 노래를 하거나 춤을 출 수도 있습니다.

마지막으로 꼭 필요한 것이 '사회적 지지'입니다. 가족과 친구, 지역사회의 존중과 관심, 따뜻한 배려와 응원, "당신이 이겨낼 것이라 믿어요" 혹은 "당신이 내가 힘들 때 옆에 있어주는 사람이라는 것을 믿어요" 같은 신뢰를 받을 때 인간은 부정적 스트레스를 감당할 힘이 생깁니다. 물질과 정보 제공 역시 중요한 사회적 지지입니다. 앞서 언급한 화상 경험자를 대상으로 한 연구에서 가족관계가 이전보다 더 좋아졌다는 사람들에게서 외상 후 성장이 더 크게 일어났던 것처럼, 주변 사람들이 보내주는 관심과 애정은 회복과 성장을 일으키는 동력이 됩니다. 제 병실 벽면을 가득 채웠던 크리스마스카드처럼, 마라톤에서 저를 기다려준 노란 응원 피켓처럼, 다 포기하고 싶을 때 누군가가 잡아준 따뜻한 손 때문에 결국 다시 삶을 이어가기로 결심하는 일과 같습니다. 그러니 부디 혼자서 아파하지 마시고 계속 주변 사람들과 연대하기를 바랍니다.

학자들은 상처를 입은 후에도 가능한 한 일상을 유지하고, 할 수 없는 일 대신 지금 할 수 있는 일에 집중하라고 권합니다. 자기 자신에게 조금 더 관대해지라고도 하고요. 우리 인간은 대체로 자기 자신에게 엄격하고 때론 가혹한 기준으로 자신을 대한다고 합니다. 만약 친구가 이런 일을 겪는다면, 친구에게는 "그래도 괜찮아. 좀 쉬어도 괜찮아. 늦어도 괜찮아"라고 말해줄 텐데 자기 자신에게는 못 그런다고 합니다. 우리 자신에게, 특히 극심한 스트레스로 아파하는 자신에게 조금 더 자비를 베푸는 여유를 가지면 좋겠습니다.

마지막으로 희망의 힘을 얕잡아보지 않았으면 합니다. 저는 음주운전자가 낸 교통사고로 전신 화상을 입고 죽음의 문턱에 수차례 섰습니다. 눈을 뜨면 고통스러운 시간이 계속되었고, 지금까지 수십여 차례 수술을 받았습니다. 그러나 고통과 절망의 순간에도 희망의 끈을 놓지 않았고, 오늘보다는 내일이 더 좋아진다고 믿고 살아온 덕분에 지금은 이전보다 더 많은 일에 감사하며, 작은 일에 큰 행복을 누리며, 전보다 의미 있게 살아갑니다. 사고 후 중환자실에 있던 그때만 해도 상상하지 못했던 좋은 날을 살아가고 있습니다. 작은 희망이 가져다주는 힘을 얕보지 않았으면 합니다. 희망에는 사람을 살게 하는 엄청난 힘이 있습니다.

지독한 현실이 우리를 상처받게 하고, 저마다 씻을 수 없는 상흔을 안고 살아가지만, 그 와중에 고마운 사람들을 통해 동화같이 아름다운 일들이 생기기도 합니다. 인생의 초점을 아픔이 아닌 회복과 성장에 두기를 바랍니다. 살면서 뜻하지 않은 일을 만났어도, 그것이 우리를 망가뜨리지

는 못했습니다. 지금까지 견디고 버텨온 자신을 자랑스러
워하고 스스로를 격려하면 좋겠습니다. 불행 속에서 좋은
것을 이끌어내기로 결심한 당신이 지난 시간을 돌아보며
그 가운데에서도 얻은 작지만 참 좋은 것, 그 의미를 발견
하고 인생의 보물로 여기기를 바랍니다. 상처 입은 당신과
우리 함께, 이 나쁜 일을 잘 통과해서 극심한 고통 가운데
서도 성장을 이룬 사람으로, 꽤 괜찮은 해피엔딩을 기대하
며 살아가기를 바랍니다. 이 글이 어디선가 오늘 또 하루
를 견뎌내는 당신에게 응원이 되길 바랍니다. 당신이 스스
로에게 "괜찮아 괜찮아" 다독일 수 있기를, 그래서 언젠가
"그래, 살아남길 잘했어"라고 말할 날이 오기를 마음을 다
해 응원합니다.

꽤 괜찮은 해피엔딩

ⓒ 이지선 2022

1판 1쇄 2022년 4월 27일
1판 7쇄 2023년 3월 24일

지은이 이지선
책임편집 임혜지 | 편집 이희연 구민정
디자인 김마리 최미영 | 저작권 박지영 형소진 오서영
마케팅 정민호 김도윤 한민아 이민경 안남영 김수현 왕지경 황승현 김혜원
브랜딩 함유지 함근아 박민재 김희숙 고보미 정승민
제작 강신은 김동욱 임현식 | 제작처 영신사

펴낸곳 (주)문학동네 | 펴낸이 김소영
출판등록 1993년 10월 22일 제2003-000045호
주소 10881 경기도 파주시 회동길 210
전자우편 editor@munhak.com
대표전화 031) 955-8888 | 팩스 031) 955-8855
문의전화 031) 955-2696(마케팅) 031) 955-2672(편집)
문학동네카페 http://cafe.naver.com/mhdn
인스타그램 @munhakdongne | 트위터 @munhakdongne
북클럽문학동네 http://bookclubmunhak.com

ISBN 978-89-546-8626-6 03810

www.munhak.com